相信阅读,勇于想象

北京科普创作出版专项资金资助

藏在科幻里的世界
N 维记

周忠和 王晋康 主编　　王元 编著

北京理工大学出版社
BEIJING INSTITUTE OF TECHNOLOGY PRESS

编委会简介

主　任：马　林　司马红
副主任：孟凡兴
主　编：周忠和　王晋康
副主编：吴启忠
成　员：凌　晨　尹传红　周　群　王　元　吕默默
　　　　单少杰　李　楠　王　丽　李晓萍
　　　　　　（排名不分先后）

周忠和

中国科学院院士，中国科学院古脊椎动物与古人类研究所研究员，《国家科学评论》副主编。长期从事中生代鸟类与热河生物群等陆相生物群的综合研究。曾获得中科院杰出科学成就奖、国家自然科学二等奖、何梁何利"科学与技术进步奖"等。

王晋康

中国科幻文学界的扛鼎者，中国科普作家协会副理事长，全球华语科幻星云奖终身成就奖得主，1997国际科幻大会银河奖得主，19次获得中国科幻文学最高奖银河奖。

凌晨

中国科普作家协会理事，中国科普作家协会科学文艺委员会副主任，中国作家协会会员，北京作家协会会员，科普与科幻小说作家。

尹传红

中国科普作家协会常务副秘书长，《科普时报》原总编辑。作为策划人、撰稿人和嘉宾主持，参与过中央电视台、北京电视台等多部大型科教节目的制作。在多家报刊开设个人专栏，已发表科学文化类作品逾200万字。

周群

北京景山学校正高级语文教师,北京市特级教师,中国科普作家协会会员,中小学科普科幻教育推广人,教育部国培项目专家,硕士生导师。在《科普时报》上开设有"面向未来做教育"专栏,发表科普科幻教育专题的文章多篇。

王元

蝌蚪五线谱签约作者,科幻作者,发表科幻小说约计百万字。出版短篇科幻小说集《绘星者》、长篇科幻小说《幸存者游戏》(与吕默默合写)。《藏在科幻里的世界·你好人类,我是人》《藏在科幻里的世界·N维记》特约科普作者。

吕默默

科幻作家、科普作家。爱读书,会弹琴,喜旅行,意识上传支持者,期待自我意识数据化。已发表科普作品50多万字,为科教频道、新华网等平台创作百集科普视频剧本。《藏在科幻里的世界·冲出地球》《藏在科幻里的世界·远行到时间尽头》特约科普作者。

单少杰

中国科学院动物研究所博士后,从事线虫-植物互作及植物保护方向的研究。蝌蚪五线谱签约作者,中国科普作家协会会员,发表科普文章近百篇。《藏在科幻里的世界·基因的欢歌》特约科普作者。

《藏在科幻里的世界》

序

Preface

习近平总书记强调:"科技创新、科学普及是实现创新发展的两翼,要把科学普及放在与科技创新同等重要的位置。没有全民科学素质普遍提高,就难以建立起宏大的高素质创新大军,难以实现科技成果快速转化。"

科普作为一种教育活动,具有浓厚的时代性。不同的时代背景下,不同的社会经济发展状况下,公众对科普的需求不同,科普工作的内容和方法也有了相应的变化。

举例来说,20世纪60年代初,青少年科普读物《十万个为什么》问世,风靡数十年,其内容也与时俱进,由探索自然奥秘到普及前沿科学知识,伴随几代青少年走上科学的道路。

进入新的世纪,随着科技的迅猛发展,民众对于科普的需求又有了新的形式。

在2018年高考的全国卷Ⅲ里,有一道语文阅读题,阅读材料节选自刘慈欣的科幻小说《微纪元》,这引发了全民的热烈讨论。而刘慈欣的《带上她的眼睛》在此之前已经入选人教版初一(下)语文课本。来自教育界的种种尝试,给我们科普工作者带来了启发——优质的科幻作品或将成为青少年群体不可或缺的精神食粮。

青少年正处于培养社会主义核心价值观、科学观、审美观和科学思维的年龄段。科幻文学，无疑是在这几个方面都能给青少年补充"营养"的一种文学载体。而当前，我国青少年对于科幻阅读正处在认识不清、需求不大、不会阅读的状态，因此引导青少年读者学会"科幻阅读的正确打开方式"这一科普任务，历史性地落在了我们这一代科普工作者的肩上。

于是便有了这套"藏在科幻里的世界"的诞生。

这套"藏在科幻里的世界"由《冲出地球》《你好人类，我是人》《N维记》《基因的欢歌》《远行到时间尽头》五册构成，分别从宇航探索、人工智能、空间维度、生命科技、预测未来五个维度，精选了八年来发表于蝌蚪五线谱网站的53篇科幻微小说，并收录了来自王晋康、刘慈欣、何夕、凌晨、江波五位科幻作家的科幻作品，且由三位科普作家针对这58篇科幻小说进行了科普解读。

其中，《冲出地球》《你好人类，我是人》《N维记》涉及大量基础和前沿物理学的基础知识，《基因的欢歌》《远行到时间尽头》则涉及大量生命科学知识，套书整体兼具未来感和现实感。

科幻科普创作与其他文学形式不同，科幻科普作品是以其严谨的科学逻辑为基石来进行创作的。

本书特邀科幻科普作家凌晨老师担纲文学解读，凌晨老师表示："科幻的思维逻辑，就是我们这些科幻爱好者和创作者想要推广的，以科学的理性思维面对世界，以幻想的广阔无疆创造世界，不惧怕即将面临的任何未来，永远保持好奇心，也永远乐观积极。"

谈及科幻与科普的关系，作为"藏在科幻里的世界"的主编之一，周忠和院士表示：科幻本身不直接传授科学知识，但它激发的是想象力，还有对科学的热爱，当然也蕴含了科学研究的思维和过程，从这个意义上来说，它对科学的普及起到的推动作用同样是巨大的。本书的另一位主编，著名科幻作家王晋康先生表示："科学给你一个坚实的起飞平台，而科幻给你一双想象力的双翅。"

这同样也是"藏在科幻里的世界"立项的初衷：倡导想象力，培养青少年的科学思维与创造思维，激发青少年对于前沿科学的好奇心，力求带给青少年和家长"科幻阅读的正确打开方式"，给予青少年科学和人文的双重滋养。

"藏在科幻里的世界"从2019年1月份立项到成书出版，历时一年半的时间，并获得了2019年北京科普创作出版专项资金资助。感谢尹传红老师和周群老师在选题创意方面给予的积极建议，感谢全书38位科幻作者所提供的58篇精彩的科幻作品，感谢吕默默、王元、单少杰带着近乎科研的态度打磨书中的所有科普知识点。

非常高兴这套书能够顺利与大家见面，希望这套书能够被孩子和家长喜欢，也希望更多的"后浪"能够加入我们的科普科幻创作阵营中。

"藏在科幻里的世界"编委会
2020年7月

目录
Contents

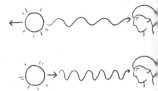

写在前面　凌晨/文　001

名家名篇·时空追缉　江波/文　005

空间维度·时间尽头与宇宙仙境　王元/文　043

微小说·海洋　阿西博士/文　093

微科普·海的迁徙　王元/文　101

微小说·神枪　稻野熊/文　107

微科普·他一生的故事　王元/文　115

微小说·冰河期　美菲斯特/文　120

微科普·超时空阻击　王元/文　128

微小说·薛定谔的猫　阿西博士/文　134

微科普·这是一只神奇的猫　王元/文　139

微小说·地球膨胀　朱菁/文　144
微科普·和你一起静止　王元/文　148

微小说·时间就是金钱　肥狐狸/文　154
微科普·生财有道　王元/文　158

微小说·跳　王元/文　164
微科普·二维、三维、十一维　王元/文　169

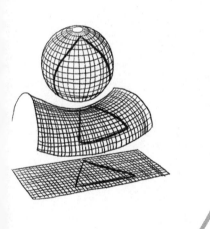

微小说·长城长　游者/文　175
微科普·无法跨越的时间　王元/文　178

微小说·逆熵之水　漩涡/文　183
微科普·没那么简单　王元/文　187

微小说·时空命案　花涯/文　193
微科普·回到过去　王元/文　198

 写在前面

2003年,江波发表了他的第一篇科幻小说《最后的游戏》,从此就走上了科幻小说的创作道路,经过16年的历练,成长为专业科幻小说作家,代表作有"银河之心三部曲"等。

2000年以后,中国科幻创作进入了大发展阶段,陆续加入了一批高学历的作者,他们大多具有理工科专业背景,对科学技术认识深刻,对人类未来发展有自己独到的见解,更有多年的科幻迷背景。这些科幻作者很快就熟悉了科幻小说的创作方式,并注入了个人的体验和写作技巧,形成鲜明的个人风格。江波就是其中的佼佼者。

江波的作品语言克制、简洁,情节叙述干净利落,有着工程师绘图般清晰的逻辑,也因此形成了其作品冷峻的风格。

《时空追缉》这篇小说发表于2009年,讲述的是一个警察追捕罪犯的故事。这个普通的故事因为罪犯试图通过超时空逃脱而变得扑朔迷离。

江波这个故事的出发点是想探究当渺小的人面对无穷

的时空,会是怎样的一种情形。他设想了几种情形:父亲与孩子之间、恋人之间、警察和小偷之间。人和人之间的关系会产生不同的变化,但有一点可以确定,就是面对无穷的时空,人和人之间的温情变得更加重要。宇宙已经显示出冷漠,如果在这个冷漠之上加上亿万年的时间,那么对于人来说,外面世界的一切都失去了意义,唯一剩下的就是人和人之间的温情。在宇宙的尺度上,可能这就是人自觉活着的唯一意义。不自觉地活,是求生本能。这个故事的基调也就被限定于此。

江波最后选择警察和小偷作为故事主角,因为这样可以多一点矛盾,至少在故事开始的时刻,角色是敌对的。

《时空追缉》讲述了一个很精彩的故事,掌握了时间旅行法则的罪犯一步步引导警察的追捕,而从不言放弃的警察也没有令他失望。整个故事节奏紧凑,极具戏剧张力和感染力。

故事开始,联合国总署警员马力七十五接受了一项穿越到未来追缉经济巨犯卡洛特的任务。虽然卡洛特的离开对现实世界已经没有影响,但为了法律的正义性和权威性,即便他逃到时间尽头也要将之绳之以法。马力七十五接受了这个任务,这意味着他将与现实世界告别,可能永远也回不来了,然而职业的荣誉感和使命感不容他拒绝,他只能追捕下去,直到卡洛特伏法为止,但这一场追捕并不简单,时间旅行是单行道,没有调转的箭头。最终,马力七十五追到了时间的终点。在那里,一切都将化为乌有。

时间旅行是科幻小说中的传统题材。最先提出用时间机器进行时间旅行的,是英国著名科幻小说作家H·G·威尔斯在1895年写的科幻小说《时间机器》。在这部小说中,时间旅行者制造出一个时间机器,并乘坐它到了未来的802701

年,看到了那时人类的模样。威尔斯之后,大量关于时间旅行的科幻小说问世,对时间旅行的热情来源于我们人类最深的渴望:永生。只有掌握乃至控制了时间,人类才能永生。希望永生的人有两种心态,一种是生活派,希望永远拥有财富、青春和享乐;另一种是探索派,希望能有尽可能多的时间了解未知,探索世界。

控制时间的动机还有一种,就是回到过去,改正自己的错误,从而避免未来悲剧的发生。但这种改变,因为连锁效应,势必造成关联事物与人的改变,那么整个历史都会改变,因此就产生了著名的外祖父悖论:假如你回到过去,在自己父亲出生前把自己的祖父母杀死,但祖父死了就没有父亲,没有父亲也不会有你,那么是谁杀了祖父呢?为了解决这个悖论,科学家们提出了平行宇宙的概念,即只要开始时间旅行,便进入了平行宇宙,即你杀死的祖父,是平行宇宙中的祖父,和自己所处的宇宙无关,因此自己所处的宇宙的因果律不受影响。

那么,人类真的有一天可以掌握时间,在过去、现在和未来之间自由往来吗?以前这种想法被视为胡思乱想,但随着科学的发展,时间旅行不再令人感到匪夷所思。尤其是1915年爱因斯坦发表广义相对论后,数学家哥德尔、物理学家纽曼、弗兰克·J·蒂普勒等人先后在爱因斯坦场方程中得到了允许时间旅行的解。美国著名天文学家卡尔·萨根在他于1986年创作的科幻小说《接触》中提出了"虫洞"理论,认为在人类所处的时空中一定有连接外部的地方。从宏观角度来看,人类的历史只是一项时间的试验而已,所有的时间点都只是一个个物理元素。

从理论上来说，只要速度足够快，快到超过光速，就能使相对于移动物体的时间减慢。空间的扭曲也能造成时间的错乱，有些地方时间会快，有些地方时间会慢，利用这些不同时间区建立时空隧道，瞬间穿越到几千年之前，或者几万年以后不成问题。

以上这些都是用物理方式实现时间旅行。另外，还可以采用生物方式——假死，减慢肌体的新陈代谢过程，从而减缓时间的影响。既然那些从南极冰层中发现的几千年前的微生物仍然可以正常存活，那么人类也有可能。这就是人类冰冻和深层睡眠技术，依靠这种技术，人类可以用漫长的假死状态对抗时间，选择任意一个时间点复活，从而达到时间旅行的目的。

《时空追缉》虚构了时间螺旋技术，虽然没有明确说明这种技术的由来和实现方式，但详尽描述了在时间跳跃中人类的遭遇，他们遇到了未来进化了的人类、星际中的其他生物、时间旅行者的收集者……大部分时间旅行小说都不会具体描述技术问题，而是关注人类在时间长河之中的遭遇，关注面对永恒的时间时个人的选择。在这部小说中，主人公始终没有停下脚步，一直不断前行，勇敢地走到了时间的尽头。

时间旅行是一个丰富的题材库，可以研究的东西太多：时间旅行方式、时间和空间的关系、时间旅行中人的关系、时空扰动的危害……甚至可以写为了使时间旅行更有秩序，人类建立了时空管理局，而有一种时空管理局是为旅行者准备陷阱，阻止未来人回到过去扰乱历史而存在的。

凌晨

名家名篇·时空追缉

● 江波/文

"这个任务很艰巨,你想一想再回答我。"总长坐在宽大的皮椅上,整个人陷在里边。他正望着马力七十五,细小的眼睛眯成缝,几乎看不见他的眼睛,然而马力七十五知道他正盯着自己。

马力七十五眨眨眼:"我想过了。我会去的。"

"好。"总长站起身,绕过办公桌,走到马力七十五面前。总长的身材很高大,让人有一种威压感。他认真地盯着马力七十五,突然转身,走过去关上门。透过玻璃可以看到上百名警员正忙忙碌碌。总长注视着这一切。他没有回头,突然开口说话:"马力,你是最好的警员。坦白地说,我不希望派你去执行这个任务。"

马力七十五默默地听着。

"但是,我们需要一个交代。"总长转过身,正对着马力七十五,"你了解卡洛特,他是个危险人物。"

"是的,他的确非常危险。"

"而且非常嚣张。"总长踱步回到大方桌后边,再次陷落在椅子里。他重重呼出一口气:"如果他偷偷地潜逃,那也就算了,我们管不了那么多,但是他居然把这个消息送到新都会,还有大大小小二十多家媒体进行现场直播。现在这个事,连总统的新闻发布会都在谈,你知道我的压力会有多大。"

"我明白。"马力七十五简短地回答。

"好的。他是匪徒,你是英雄,你要去追缉他,而且要有和他一样的排场。"

马力七十五不禁微笑——多年以来,卡洛特一直生活奢靡,出入各种高档场所,挥霍他那些来路不正却没人能指证的钱。他也捐赠大量的钱,从街头的流浪儿到天穹星的开发,事无大小,他几乎都会以一个慈善家的身份参与,赢得无数的闪光灯和掌声。至于那些展示学识和优雅的艺术沙龙,他们都以卡洛特能够参与其中为荣。卡洛特其人,就是排场的代名词,而马力七十五,则是一个秘密警察,一个低调、隐忍、办事规矩的政府雇员,和排场绝不搭调。

"我们会给你五星勋章,总统会亲自把勋章给你戴上,表彰你五年来兢兢业业搜罗卡洛特的犯罪证据,然后你会得到一艘最了不起的飞船——双子星号,和那个该死的贼偷走的飞船型号相同,他偷走的只是原型机,你的飞船是改进型。至于你,我会当众宣布,你是我们最杰出的探员,你经手的大案子将全部公之于众,人们会知道你是多么了不起的人物。"

总长站起身,双手撑着桌面,身子前倾,说:"你会成为历史人物,马力七十五。一个人一生能得到的最大的荣誉,你会在三天内全部得到。"

马力七十五点点头:"我明白,总长。我会去的,但是有一个小小的要求。"

"哦?"总长有些意外,他第一次听到自己属下的秘密警察会提出要求,然而他爽快地答应下来,"你说。只要能办到。"

"我走之后,希望得到一笔钱,数目大到足够一个人体面地过完一辈子，存入瑞士金行指定户头。"

"我给你三百万。这笔钱每年的利息足够维持一个人的日常开销。另外，十年之内，每年追加通货膨胀补偿。"总长飞快地开出价码。

"谢谢。"马力七十五点点头，"新闻发布会现场，我会打电话给瑞士金行的保密顾问，确认钱是否已经到账。"

"你这是不相信我。"总长微微有些不快。

"对不起，总长，你可以理解这点。干我们这一行的，不能相信任何口头承诺。"

"好吧。你说得对。"总长坐下来，十指交错，"我们认识很久了，一直合作得很愉快。钱我会确保到账，但是我需要知道这钱的用途。"

"我认识一个女孩子，这钱是给她的。"

"女孩子？你不是开玩笑？所有的AAA级探员都经过记忆清洗，不会记得任何关于私人的秘密。"

"是的，但是我还记得。"

"哦。"总长挤出额头的皱纹。这是一个重大失误。一个AAA级探员，从事秘密警察长达二十年的高级警探，居然宣称他还记得一个女孩子。他无法相信这样的事，但是马力七十五就站在眼前，亲口说出了这样的话。这是重大的纪律问题，不过这样也好，马力七十五注定会全力以赴的。

"好吧。"总长最后说，"既然这样，我不多问。钱会到账。你会成为我们的英雄，对吗？"

"我明白。"马力七十五点点头。

永别了！我的世界。马力七十五内心默念。台面上，总统站在他的左边，对着台下展露标志性的笑容；空间安全委员会总长站在他的右边，军服笔挺，神色严肃。台下热烈的欢呼声此起彼伏，总长安排的几个暗桩恰到好处地掀起了人们对马力七十五献身精神的无比崇敬，他们热烈地呼叫着马力七十五的名字，用各种赞美的语言来描述他。

总长兑现了他的承诺，三百万已经在账户里。钱进了瑞士金行，除了约定的身份认证，没有任何办法取出。

马力七十五举手让大家安静。

偌大的会场很快沉静下来。

"我……"马力七十五清清嗓子，"我知道卡洛特，他聪明、狡猾，使用各种手段窃取大量财物。"现场响起一阵议论，马力七十五不得不提高声音，"但是，正义的力量更强大，我们掌握了所有的犯罪证据，提起公诉，并且挽回了所有能够挽回的损失。法院已缺席审判，是无期徒刑。现在要做的唯一一件事就是把他绳之以法。这正是我要做的。"

"我将跟踪他的轨道痕迹，进入时间螺旋区，在他自以为摆脱了法律的时刻出现在他面前，控诉他、逮捕他。"

"任何人！任何人！只要他犯了罪，就要受到法律的惩罚，绝无例外。"

现场响起热烈的掌声。

"请问，马力先生，据说卡洛特逃到了三百年后，我们连三百年后的地球是什么样子都不知道，怎么保证对他的裁决一定会得到执行？"有人在人群中间。

"是的，我们不知道三百年后的地球会怎么样，但是，马力七十五会知道，不管那世界是怎么样的，马力七十五都会找到卡洛特，把他绳之以法。"总长接过了这个问题，"卡洛特已经跑了,对这个世界再也没有任何影响,但是我们不能放任他,马力七十五会代表正义对他执行判决。"

"太空泛了,你永远不可能监禁他。你没办法阻止他逃跑。"还是那个声音。

马力七十五循声望去,他看见一个亭亭玉立的身影,穿着白色套装,头发盘成高高的发髻。虽然隔得很远,但他还是看见发髻上晶莹的钗子,仿佛紫色的水晶。这样的发饰不多见。她讥讽似地盯着马力,似乎在向他挑战。

"我会找到办法。我可以用一艘飞船把他终生流放,或者请那时的政府协助,把他监禁。办法有很多,你完全可以相信我。"

总统接过话头:"这位女士,我们的司法部门已经达成一致意见,对于这种试图通过时间螺旋来逃避法律制裁的行为,政府将保留追诉权,对他的控诉永远不会过期,哪怕三百年以后。只要马力警探跟随他,找到他,他就必须接受法律制裁。另外,时空机器的使用将受到政府的严格监控。除了政府特许机构,任何机构不得从事相关研究和实验。这将有效地防范类似事件发生。"

总统话音刚落,半空中传来嘶嘶的声响,全场变得很安静。

时间到了。在巨大的电磁扭力作用下,时间螺旋区已经形成。苍穹中仿佛打开一道深黑的口子,深不见底。双子星号正以反重力姿态悬停在深渊边缘。

"通道已经打开。马力警探即将出发去完成他的伟大使命。"总统带头鼓起掌来。在热烈的掌声中,马力七十五走过红地毯,走向穿梭机。他在登机舷梯上回过头,向人群挥挥手。

穿梭机飞升起来,向着双子星号靠拢,最后对接在一起。一刻钟之后，穿梭机脱离。

双子星号静静地等待着最后的信号。深空研究所的专家们正紧张地核对轨迹，以确保马力七十五能够跟上卡洛特，而不是去到错误的时空。

人们看见双子星号发出炫目的红光。整个飞船仿佛化作一道光，射入黑色深渊中。黑色深渊顷刻间消失。

三百二十四年又七个月三天三小时四十五分。仪器上显示出这样的时间，双子星号把马力七十五带到了三百多年后的时空。

然而，仿佛任何事都没有发生过，马力七十五没有感觉到任何异样。

很快，他就意识到了严峻的考验——他不在地球上。空旷的宇宙空间，这就是双子星号的处境。马力七十五找到了太阳。太阳仿佛一个小小的光斑在远方闪耀。这里甚至不是地球轨道，他距离太阳七十四亿公里。在一瞬间，马力七十五死了心。这不是他能够执行任务的地方。按照这样的距离计算，双子星号需要三十年的时间才能抵达地球。那个时候，他早就成了干瘪的尸体。这是纯粹的送死。

但是他很快找到了目标。卡洛特的飞船——奥德赛号，就在不远的地方，距离双子星号七十七万公里。深空研究所的专家在这一点上没有让人失望，他们不知道会把马力七十五抛到什么地方去，但是他们知道马力七十五一定会出现在卡洛特附近。

当然，马力七十五并没有主动发现卡洛特，而是卡洛特发现了他。此时，他正向马力七十五发送信号，马力七十五接受了通信请求。

"哈。我的老朋友，很高兴又见到你。"屏幕上卡洛特的样子很乐观。

"卡洛特,你的判决已经下达。我奉命来逮捕你。"

"别开玩笑了。这里什么都没有,除了你和我。你不可能逮捕我。"卡洛特得意地眨眨眼。

"我会抓到你的。"马力七十五面无表情。

"好吧,欢迎进行一次冥王星大追捕。"卡洛特耸耸肩,做出一个无可奈何的表示,"来吧,我等着你。"

虽然这行为看起来好像很蠢,马力七十五还是指令飞船向奥德赛号靠拢。除此之外,他无事可做。

卡洛特没有说错,他们的确在冥王星轨道附近,而且是在这个著名矮行星椭圆轨道的远端。此刻,冥王星正在轨道的另一端,需要过一百多年才会来到这儿,所以,此刻没有任何热闹可看。

马力七十五收到一些微弱的广播信号,隐隐约约,似乎是一场战争,然后,他了解到一队飞船正在飞向冥王星。他们计划在这个星球上建立基地,建造核电站,供给下一个太阳系外的探险计划。当然,他们还需要十多年才能抵达,然后再有七八十年的时间,才能到达马力七十五的位置。

七十七万公里的旅程需要耗时三天,很无聊。马力七十五除了吃,就是睡。卡洛特也没有再找过他,然而奥德赛号一直停留在那里,等着马力七十五。远离太阳的空间辐射并不强烈,马力七十五打开舷窗,直接用肉眼观察这个世界。每颗星星都很明亮,璀璨满天,比地球上最壮观的星空还要壮观一万倍,而太阳的光亮却很柔弱,仿佛蜡烛的火光。他望向奥德赛号的方向,一团漆黑,奥德赛号隐藏在黑暗中。

"我会死在这里,让双子星号把尸体带回地球。"马力七十五想。至少，那些地球上的人们会发现他，通过双子星号的记录，他们会了解到他忠诚地履行了自己的职责。是的，他会留下遗言，让那些发现他的人们把他带回新都会安葬。那里是他出发的地方，也应该是他的归宿。

一阵信号打断了马力七十五的胡思乱想，卡洛特再次找上门来。

"反正我也很无聊。你还有一会儿才能到，不如我们聊聊天。"他开门见山。

马力七十五不置可否。

"你为什么要追来呢？你永远不能回溯时间，你会失去一切。"

"从来没有一个罪犯能从我手里逃走。"

"原来是崇高的职业精神。"

"不，是正义。"

"正义？你代表正义？"卡洛特做出夸张的表情，仿佛非常惊讶。

马力七十五不动声色。

卡洛特的表情放松下来，说："好吧，你太缺乏幽默细胞了。正义先生，从五年前开始，我每年资助超过六千名困难学生，让成千上万的流浪儿得到温暖的家，赈济了无数灾民，捐助了两个最前沿也最接近关门的实验室，就连宇航局的大门上都刻着我的名字，因为没有我，他们就缺少足够的资金把大批的人送到火星去……你肯定已经清点过我犯下多少罪行，但是如果你清点一下我带给人们的好处，这个清单会比你手头上的那个长得多……"卡洛特仿佛连珠炮般滔滔不绝，马力七十五只是听着。

终于，卡洛特停了下来，他静静地望着马力七十五。马力七十五同样望着他。

终于,卡洛特开口了:"你认为我说得对吗?"

"你是贼,我是警察。"马力七十五说。

"哈哈……"卡洛特狂笑起来,"贼……哈哈……"他笑得上气不接下气。

卡洛特终于缓过劲来,他说:"我们还有六千公里的距离。这不算太远,你很快就能追上我。一旦你追上我,你打算怎么做?"

"想办法抓住你。"

"这么说我最好还是小心点。"卡洛特一本正经地说,"我要逃了。"

"我会跟着你。"

"小心点,别跟丢了。"卡洛特露出一丝不怀好意的笑。突然间,图像消失,紧接着,奥德赛号的信号也失去踪影。

马力七十五一瞬间明白过来——卡洛特再次进行了跳跃。

这不可能!没有深空研究所的那些专家打开时间螺旋,飞船无法穿越时空。马力七十五感到一阵惶恐。

然而问题很快解决了。双子星号收到了来自奥德赛号最后的信息。信息中包括单船跳跃手册,这本手册马力七十五从来没有见过,然而根据双子星号主机的验证,其中的操作完全可行。另外,还有一组跳跃参数。根据这些参数,双子星号可以去到另一个时空——谁也不知道卡洛特是真的等在那儿,还是设计了一个骗局。

马力七十五命令双子星号根据参数进行单船跳跃。

"别无选择。"马力七十五遗憾地想。他望了望太阳。太阳就像一点烛光,十分暗淡。转眼间,光亮消失了,仪器上的时间变成了三千六百七十七年又八个月四天八小时八分。

这一次的情况更糟糕。马力七十五完全不知道自己身在何处。星星有很多，然而却没有太阳。双子星号脱离了太阳系，迷失在群星中。

卡洛特没有骗人，他的确也在这里，距离马力七十五只有两万公里。

"哈，正义马力，你居然花了三个小时才搞定。我是不是有些高估你了？"

"为什么要到这里来？"

"没什么，我只是逃跑，逃跑哪能顾得上想清楚为什么。"

马力七十五有一种被愚弄的感觉。卡洛特可以轻而易举地摆脱他，却还是让他跟到了这里。

"飞船怎么能进行单船跳跃？"

"设计如此。很高兴它能正常工作，否则我们就直接去见上帝了。"

"我们在哪里？"

"谁知道呢！这件事要怪你，如果不是你逼我，我也不用匆匆忙忙出发。至少我可以等到目标定位比较准确一点。"

"什么意思？"

"这飞船能够精确地控制时间，但是没法控制地点，跨越时间越长，误差越大，现在谁都不知道我们在什么地方。"

"那就是说你给自己选择了死路？"

"死路？说得不错，我肯定是会死的。这样的死法比较浪漫，所以我来了。问题是你为什么要跟来，难道他们没告诉你这是死路？"

马力七十五没有应声，他们当然知道这个，只不过他们更需要一个勇敢的英雄。马力七十五心存侥幸，也许事情不会那么糟糕，然而事实已经告诉他，这就是死路。

"我说过，我来抓你。"

"好吧，正义先生。我可是经过慎重考虑才这么做的，虽然空间定位不准，但是它可以帮助我不断跨越时间，当然最好能在地球上，可是我想过，几百几千几万年以后，地球只是一个小地方，我随便落在银河系的哪个角落都可以。人真是奇怪，你们想把我关到监狱里去，限制我的自由，现在我自己踏上死路，你们却一定要派个人跟着来。这样也好，至少有人可以和我分享这最后的旅行。"

"你到底想做什么？"

"我想旅行到世界末日。"卡洛特哈哈大笑，"我知道你在查我。如果我愿意，只要打几个电话，你就没办法查下去，甚至更糟糕，你明白我的意思，我没兴趣为难你，于是跑了，但是没想到你居然喜欢为难自己，跟着我来了。"

双子星号继续靠近奥德赛号，马力七十五发现有两个物体正靠近奥德赛号，他想了想，决定暂时不告诉卡洛特。他继续和卡洛特谈话，关于这个案子，的确有些地方仍旧模糊，他也想弄明白。

"你有很多眼线。"

"是的。"卡洛特很坦白，"你很想聊聊这些，是吗？"

"随便你。"

"现在我们两个相依为命，这些往事——这些三千多年前的往事也无所谓。我就告诉你好了。捡最重要的说，在你的起诉书里，我最大的罪名是盗用一笔七百六十五个亿的资金，从共同基金利用非法手段转移到个人账户。这七百六十五个亿我都送给政府了，每一笔钱都有明确的记录，每一笔钱的接受者对那个神秘的捐款人都异常感激，他们非常乐意提供某些方便，所以，就像你所说的，如果愿意，我可以有很多眼线。"

"你在贿赂政府。"马力七十五对此早有预料，只是他一直没有找到明确的证据，他希望卡洛特归案之后，能够找到更多的线索，没料到卡洛特却选择了这种史无前例的逃跑方式。

"哦。我只是把钱从某个人的口袋转移到大众福利上去。如果不能兑现财富，钱也就没什么用。我只是让它发挥自己应该有的功能而已。"

卡洛特用奇怪的理论来为自己辩护，说起来仿佛头头是道。是的，共同基金太庞大了，按照市值计算，它可以买下整个地球上的所有产业，包括六十五亿人口——假设平均一个人价值三百万。这庞大的基金被不超过三千人拥有。

卡洛特眨眨眼，说："你知道为什么我给政府好处，秘密警察却要追查我？起诉我？"

"为什么？"

"因为共同基金养着你们。那些穷得叮当响的政府机构当然也拿钱，但是不多，也就够混口饭吃，所以当他们从我这里拿到天文数字的钱时高兴得不得了，但是对秘密警察，我甚至没办法把钱给出去，他们对此严加防范。"

突然间，卡洛特的图像抖动起来，两个小点加速向他靠拢。

"怎么回事？"卡洛特有些吃惊，但没有慌乱。

"有两艘飞船正向你靠拢，可能你是他们的猎物。"马力七十五平静地说。

"真的？"卡洛特扬了扬眉毛。

马力七十五点点头。信号变得一片混乱，很快中断，然而马力七十五还是听清了卡洛特的最后一句话："它们也在向你靠拢。"

卡洛特没有胡说，双子星号完全不能动弹。

马力七十五第一次近距离看到卡洛特。他的脸型尖瘦，眉毛浓黑，眼睛的轮廓很大，胡子很浓密，典型的络腮胡。他和马力七十五对视着。虽然他看上去并没有什么威胁，但是马力七十五提醒自己，就是这个人制造了有史以来最大的窃案，他是最狡猾、最无耻、最危险的罪犯。

一道舱门把他们俩封闭起来。空间狭小，他们不得不脸对脸坐着，相距不过半米。

"我这辈子第一次成了囚犯。我想你也是。"

马力七十五没有应声。

"虽然我们彼此讨厌，但是此刻没必要相互对抗。我们有共同的敌人。你不会想这个时候把我捉拿归案吧？"

"你是贼，我是警察，但现在我们都是囚犯。"

"这样就好。至少你还有点明白事理。"卡洛特伸一个懒腰，他的头碰到了天花板，"真是见鬼，这地方不适合生存。"

突然，他们眼前一亮，门打开了。两个人站在卡洛特和马力七十五面前。

他们身材矮小，几乎只有正常人的一半，头大身子小，看起来像是孩子。

"你跟我们来。"其中一个人示意马力七十五。他们居然说地球语。

马力七十五在忐忑不安中弓着身子钻出门去。他站直身体，几乎能顶到天花板。门迅速关上。

"跟着我走。"一个矮人说完在前边领路。马力七十五顺从地跟着他。另一个矮人在后边看着他。

他们顺着走道走了将近十多米远，然后转入一条更宽敞的通道，一直走到底，是一扇舱门。一路上很单调，除了金属，就是发出微弱蓝色光线的线状体。马力七十五能听见自己的脚步声，却听不到两个矮人的任何动静。他们仿佛轻巧的猫，走起路来悄无声息。

矮人打开舱门。有那么一刹那，马力七十五从内心发出由衷的赞叹。浑圆的穹顶发出柔和而敞亮的光，延伸出上千米远，几乎望不到尽头。无尽的天穹下，到处是碧绿的草地和各式各样的漂亮建筑，间或有成片的森林。许多矮人在草地上玩耍，追逐嬉闹，甚至还有人在放风筝。马力七十五仿佛回到了新都会的中央公园。

"快下来。"一个矮人催促他。舱门在半空中打开，一道楼梯沿着舱壁通向地面。马力七十五再看了一眼眼前的景象，跟着矮人下了楼梯。

"地下"完全是另一番景象，很暗，只有几处灯光。其中一处聚集着许多人，似乎正在进行会议。

马力七十五来到这群人面前。他们一共有三十七个，都坐在宽大的扶手椅上，大致排列成半圆形。马力七十五就是那个圆心。马力七十五对这样的阵势很熟悉，秘密警察的法庭通常都是这样的布置，据说这样的布置能够让犯人从潜意识里放弃抵抗。

他注意到正中央的那个人。毫无疑问，他就是最重要的人物，因为他不仅有一个比其他人更大的头颅，也有一个更加庞大的身躯。马力七十五估计他的体型是其他人的两倍以上。

"原人八八九号。马力七十五。秘密警察。为了缉拿逃犯卡洛特·修进入时空隧道。这是第一次有目的的空间跳跃,被视为对于罪犯空间逃逸的严正否定。在跳跃当日被授予紫金勋章,后来收入标准百科全书,被追认为人民英雄,冥王星轨道六百五十七号纪念石。"左边的一个矮人起身,说了一段话。

"你说什么?纪念石?那是什么?"马力七十五问。

"原人,请不要打断陈述。如果你有疑问,我们可以在最后解答。"正中央的大人物这样回复马力七十五。

"他在历史上的最后时刻是新纪元前一千六百五十四年,距今三千六百七十四年。作为一个影响广泛的原人,他拥有大量的拥簇,许多独立太空船都以马力七十五命名……"陈述人滔滔不绝,马力七十五惊疑不定地听着,这些他所不知道的历史听起来很有趣,也很难想象。我是一个历史人物。马力七十五感到这简直像个童话。

突然,大人物的一句话震惊了他:"看起来我们找到一个大人物,可惜他还活着。"

马力七十五警惕地盯着大人物,说:"你想我死掉?为什么?"

"别紧张,原人。我来介绍一下我们。我们是搜寻者。搜集一切人类遗失在宇宙里的东西——飞船、飞行器、太空城,当然还有原人。当然,我们并不期望搜集活着的原人,通常情况下,我们所见到的都是尸体。一旦验证身份,我们就可以获得属于他的财产,这就是我们最主要的收入来源,但是如果原人还活着,那么他当然拥有自己的财产,而我们就得不到。你是我们第一次碰到的活着的原人。"

马力七十五更加紧张:"那么你打算杀死我?"

"杀死你？为什么？"大人物感到有些奇怪。

马力七十五耸耸肩。

"你是说杀死你，然后我们冒充你获得你的财产？这是多么邪恶的想法。"大人物哈哈大笑起来，"据说原人都有自私和邪恶的心理，看起来是真的。你们彼此残杀吗？"他很好奇地看着马力七十五。

马力七十五不知道怎么样回答这样幼稚的问题。这算是进化还是退化？但他们并不打算杀死他，这无论如何是个好消息。

"不。"最后他说，"我们只把罪犯缉捕归案。"

"罪犯。是的，你的记录里边有这样的说法，你是为了一个叫卡洛特的罪犯才进入时空螺旋。这么说，那个和你在一起的原人就是卡洛特。"

马力七十五没有回应，这些人能认出他，却不认识卡洛特。看起来时间最喜欢给人开玩笑，曾经最风光的人默默无闻，而曾经不名一文的却成了光荣的历史人物，名字被刻在石头上，绕着太阳旋转，直到永恒。

"如果你不愿意回答，没关系，我们检查了基因数据库，没有这个人的资料，他对我们毫无价值。"

"你们会怎么处置他？"

"处置？照理说我们应该向你们道歉才对，但是搜寻者从不道歉。你们的飞船会被恢复原状，你们会回到飞船上。之所以请你到这里，是因为另有一个小小的问题。"

大人物看着马力七十五，说："中央数据库显示在你的名下拥有大量财产，如果没有你的身份确认，这些财产将一直沉淀。如果要取出财产，需要去诺伊斯五号星通过身份鉴定。鉴于你的飞船根本不可能飞向诺伊斯五号星，我们给你提供一个方案：我们带你过去并帮你完成整个过程,但是你必须把财产的一半给我们。这是一笔巨额财产。"

"巨额财产?有多少?"

"至少可以让我们的人十年间衣食无忧。"

"我怎么会有这笔钱?"

"这不是我们关心的事。可能很久之前,你留下了一笔钱,或者是某个机构给你的捐助;也或者某个人擅作主张,用你的钱进行投资,结果得到了上帝保佑。三千多年过去了,什么可能性都有。现实状态就是你拥有这笔钱,而我们能帮你取出来。"

马力七十五终于明白了这些人想做什么。尽管事情有些出人意料,但这不算什么坏事,而且看起来这些人都是君子,正派得让人不敢相信。

"让我考虑一下。"

大人物点点头,说:"好的,你可以有三天时间考虑。"

"和我在一起的那个人,你们还会把我和他关在一起?"

"他的飞船将在十六小时内清理完毕,他会回到飞船上。"

"能留下他和我在一起吗?"

"不,我们没法长时间限制人身自由,这违反星际航行法。如果他自愿留下,那是另一回事,但是我们并不喜欢原人巨大的躯体,这让我们很为难。"

"如果我付钱呢?"

大人物第一次皱起眉头,说:"交易不能涉及人身。只能在必要情况下限制人身自由。对于你的想法,我们不欢迎。"

"好吧。对不起。"马力七十五说。

他被送回了囚室。

卡洛特几乎在狂笑。过了很长一段时间，他才停下来，说："这真是我见过的最荒诞的事。"

他突然间变得一本正经，说："不过，说真的，你打算怎么处理你的财产？"

"我还在考虑。"

"你有足够的时间考虑。这倒是很不错的买卖，你追踪我到了三千年以后，变成一个富翁，享受未来的豪华生活。"

"我是来追捕你的。"

"是的，不过很快就不是了。"卡洛特笑眯眯地看着马力七十五，"你知道我有多悲惨，不名一文，没有亲人，没有朋友，没有钱，就连这些捡垃圾的都不拿我当回事。我给自己判了无限期流放，注定在卑微和孤独中带着悔恨死去，这还不够吗？"

马力七十五看着他笑眯眯的脸，说："别耍花招，我一定会逮捕你。"

卡洛特收起笑容，说："说真的，你可以选择跟这些侏儒一起走。明天他们放了我，我就会继续向前，沿着时间之河顺流而下。前边什么都没有，你可以预计到这点，所以，是时候选择回头了。对了，你没法回头，既然跟到了这里，那就停下吧。"

马力七十五没有回答他，沉默了半晌，突然问："你为什么这么做？"

卡洛特已经躺在床上假装入睡，听到这个问题他睁开眼睛，直直地盯着天花板，说："这个问题我已经告诉你了，我想旅行到宇宙的尽头。"

"为什么呢？"

"这难道不是一次壮举吗？"卡洛特反问。

"壮举？你就是这么定义你的行为的？"

"当然，你可以定义这个为疯狂、逃跑、犯罪，但对我来说这是壮举。"

"这么说，你的罪行当然也是壮举。"

"是的。"卡洛特干脆利落地回答，他起身坐着，"你听过一句话吗？他人即地狱。我一定是你的地狱，不过我也是很多人的天堂。"

"天堂？"

"嗯，做到想要做到的事，达成心愿。没有我，你不可能飞到这里来，这种时空飞船根本不可能被开发出来。你回去可以在双子星号的主机上输入这个问题：谁是上帝。你会得到一个确定答案：西莫夫，他赞助了所有研究活动，并且没有任何附加条件。当然，作为一点回报，他们很愿意满足我的心愿：成为第一个实验者。"

西莫夫是卡洛特的一个化名。马力七十五掌握这一点，他冷冷地讽刺："这么说你并不是策划逃跑，而是在帮助科学实验。"

卡洛特做出一个无可奈何的表情，说："他人即地狱。我希望你理解了这句话。到此为止吧，很遗憾把你卷进来，不过，这样的结局也不算最糟糕。"

卡洛特躺倒就睡，这一次他真的睡着了，发出均匀而细微的鼾声。

马力七十五辗转反侧，他不知道是不是应该到此为止。富豪的生活他从未尝试，也许他应该放松自己，去享受一下未来？

卡洛特被送上奥德赛号。马力七十五跟着他。

"好了,到此为止。"卡洛特站在舱门边,"很高兴你陪了我一程。接下来,我要独自逃亡了。"他眨眨眼,"好好享受生活吧。"

他挥挥手,走进去,马力七十五喊住他:"卡洛特,我会履行职责。"

卡洛特停下脚步,转过身,露出微笑,突然他的眼神凝结在马力七十五身后,那里有某样东西攫取了他的注意力。

马力七十五回过身,那是一个巨大的屏幕,屏幕上是星图。星空璀璨,耀眼夺目。

"嗨,小个子,你能告诉我哪个是太阳吗?"

负责引导他们的矮人摇摇头,说:"我不认识星图,不过,这里是初始探索区,距离太阳应该不远。"

"真遗憾。不过看来我还没离家太远。"他看着马力七十五,"马上就要远远离开了。"

说完,他走进了奥德赛号。舱门关上。

马力七十五转头看着矮人,说:"送我上船吧,谢谢!"

另一个舱门打开,这是双子星号。马力七十五走进飞船。

两艘控制船挟持着奥德赛号。它们飞出很远,直到母船成了小小的光点。它们放松控制,然后掉头飞向母船。奥德赛号主机开始运作,恢复控制系统。卡洛特坐在控制台前,沉静地看着屏幕。

很快,奥德赛号报告了消息:双子星号,平行飞行,距离三千公里。

"好吧,朋友,欢迎继续。"当马力七十五的头像出现在屏幕上时,卡洛特如此说。

"我会找到办法把你绳之以法。"

"如果你坚持。你的财产怎么样了？"

"我送给他们了。"

"送了？不错。怪不得那些矮个子在飞船里添了好些东西。你签署了一份声明？"

"我签了一份文件，然后留下一根头发、两滴血，还有一段录像。"

"听着好像很原始。你打听到财产是怎么来的吗？"

"DNA验证。只能来自瑞士金行。不管这财产最后怎么变戏法，最早的时候，它是瑞士金行的一笔钱。我在那儿只存过一笔钱。"

"哦。看来发财的最好办法是存一笔钱，然后到三千年后去花。"

"也可能一无所有。"

"就像我现在这样？"

"你的户头里从来没有钱。"

"对了，既然你存了钱，总有些目的，回溯时间是不可能的，所以，这些钱不是给你自己的，那是给谁的？"

"这是一个私人问题。"

"拜托了，这里就我们两个人，不会有什么狗仔队，也没有报纸杂志的记者，你完全可以告诉我。"

马力七十五没有回答。

"嗯，其实你不说我也能猜到，那是一个女人，对不对？"卡洛特突然大笑起来，"我明白了。你是害怕。你怕违反秘密警察的纪律，所以就跟着我来了。"

"我来缉捕你归案。"

"别不好意思，警察也是人。我替你唾弃灭绝人性的秘密警察制度。你们其实完全不用搞记忆消除。消除了回忆，人活着又有什么意思。哦，你的真名应该不叫马力七十五，你叫什么？"

马力七十五感到心脏剧烈地一跳。马万里——那个女人是这样喊他的。据说这是他的真名。

"卡洛特，我需要休息一下。打算逃跑的时候告诉我。"马力七十五说完关闭了通信。

他闭上眼睛。这个任务本身就很荒谬，现在它变得更加荒谬。追捕者要求被追捕者提供讯息，这算什么？

不管怎么样，游戏要继续下去。只要他活着，就不能放弃承诺。

卡洛特居然把时间向前推进了三十万年。这件事更让人意外——双子星号居然比奥德赛号先到。

这是一件意料之中的事。三十万年，这比整个人类文明史还要长十倍。空间和时间的乘积是一个测不准值，对于奥德赛号和双子星号这样的小飞船来说，尤其如此。当跨越的时间长度只是三百年、三千年时，误差不过几分钟、几小时；而当时间跨过三十万年，误差以让人惊讶的方式累积起来。结果，奥德赛号先一个小时跳跃，当它抵达时，双子星号已经等待了整整六天。

六天的时间里，马力七十五什么都没有做，除了回忆。他想起自己的职业生涯，一个个臭名昭著的罪犯在他手中落网；他想起喊他马万里的女人，他不认识她，然而却有一种异样的熟悉感，以至于完全慌乱了手脚，匆匆落荒而逃，生怕和她多说一句话；事后，他偷偷地了解她，躲在暗处窥探她，然而，作为秘密警察，他不能做任何事，哪怕试图想起和这个女人相关的往事，他相信那一定很美好，然而他完全不记得；他想起卡洛特，这是最大的一条鱼，和他相比，之前所有的案子全都是小打小闹，然而他也是最狡猾、最神通广大的鱼，就在收网的前夕，他居然用这种谁也预料不到的方式跑了……时间显得非常漫长，然而当他回忆这些往事时，时间却又显得非常短促。马力七十五远离人群，独自一人，唯有群星相伴。在这样的沉静中，回忆中的一切仿佛只是一张相片，可以一眼望到底——既熟悉，又陌生；既亲切，又隔阂。时间无情地带走一切，然而一切又有什么意义？

当卡洛特再次见到马力七十五时，他惊讶地叫起来："哦，你是在绝食吗？"

屏幕上马力七十五形销骨立，瘦得不成人形。

"卡洛特，你还要逃跑吗？"

"那当然，你听说过不跑的贼吗？何况还有你这样忠心耿耿的警察跟着。"

"我放弃了。你走吧。"

"放弃？你一定是在开玩笑。你是天底下最聪明、最坚定、最忠勇的警察。如果你放弃了，这个世界一定完蛋了。"

"卡洛特，也许我应该谢谢你，如果不是你把我带到这里，可能我一辈子也没有机会安静地思考。这里真安静，一个人也没有，仿佛自己就是宇宙中唯一的存在。"

"别说得好像临终遗言一样。我们还没完呢。"

马力七十五微微一笑，他关闭了通信。

卡洛特急急地呼叫双子星号，然而毫无反应。

卡洛特准备先休息一下，奥德赛号正在进行安全检测——这是卡洛特对上一次意外的补救措施，他不允许这种情况再次发生。奥德赛号给出一个警告，卡洛特看了一眼，他马上再次联系马力七十五。马力七十五拒绝联系。

一个飞行物正在靠近双子星号——沿着一条不断修正的轨道，卡洛特相信那肯定是一个智能体，如果马力七十五不能得到警告，那么一切就晚了。

没有时间了！卡洛特命令奥德赛号向双子星号靠拢。

马力七十五在坐以待毙。警告不断重复，双子星号要求马力七十五下达指令。来自奥德赛号的通信请求也不断重复。一切都显得紧张而急迫，马力七十五却像是风暴眼，保持着平静。

他不慌不忙地看着屏幕上节节逼近的小点。这个飞行器速度很快，达到三千公里每秒。双子星号的速度最高只能达到三百公里每秒——这需要长达一个月的加速。再有三十分钟，不速之客就会和双子星号迎头碰上。跑是跑不掉的。

奥德赛号正在努力靠拢过来。卡洛特不断地请求通信。

马力七十五终于接受了请求。

"感谢上帝，你终于活过来了。"卡洛特见到马力七十五，马上双手合十，大声赞美上帝，尽管他根本不是信徒。

"卡洛特，什么事？"

"有访客。看样子并不友好。"

"是的，我看见了。"

"难道不打算逃跑？"

"没有必要逃，再说也逃不掉。它的速度是双子星号的十倍。"

"我们可以向前跳。时间就是最好的屏障。它可不会发疯跟着我们来。"

马力七十五短暂地沉默，然后说："卡洛特，你走吧。不用担心我。"

"废话!我不会放弃你跑掉的。马上做好准备,我们一起弹跳。"

"你和我又有什么关系?我只是来追捕你的警察。很遗憾我冒失地闯进你的计划,现在是时候离开了。你可以继续。"

"别犯傻了。这里是什么地方?三十万年后的世界,那些侏儒已经和我们大不一样了,三十万年,就算那些玩意儿是人,或者是机器人,那也绝对和我们不一样。你不可能有上次的好运气。它们可能杀死你,可能把你当作标本,或者让你活着,就像动物园的猩猩一样,或者拿你作活体解剖。别把命运寄托在它们的好心上。"

"这没什么大不了的。我也很乐意看看三十万年后的智慧生命是什么样。"

"我们必须跑。"卡洛特很严肃地盯着马力七十五,和之前的样子判若两人。虽然隔着屏幕,但马力七十五还是感觉到一种坚定的决心。也许这才是卡洛特的真面目。

"再见,卡洛特。"马力七十五结束了谈话。

奥德赛号继续向着双子星号靠拢。

不明飞行物开始减速,试图和双子星号同步。它显然也注意到了正在赶来的奥德赛号,奥德赛号接收到一种有节律的信号,然而没人明白那是什么意思。

突然间强烈的光照亮了奥德赛号,不明飞行物进行攻击。红色警报在一瞬间充满整个空间,卡洛特被自动机器牢牢地捆绑在椅子上。奥德赛号进入紧急模式。

"外层侵蚀,装甲削弱百分之十七。飞船密封性良好,氧气微量泄漏,快速修补完毕。引擎工作正常。所有功能模组,百分之七十一检测完毕,运行正常……"

奥德赛号报告关于这次攻击的情况。奥德赛号不是为了战斗而设计的飞船,敌人的攻击也并不猛烈,然而,谁也不知道接下来会发生什么。

不明飞行物很快逼近双子星号,在距离双子星号不到六百米处停下来,保持相对静止。奥德赛号也进入同步阶段,距离双子星号两千米。马力七十五没有发出任何信号。不明飞行物出现一些异样,两个物体脱离了飞船,向双子星号飞过去。它们速度不快,不像是武器。卡洛特看清了屏幕上的影像,那是一个类似八脚章鱼的东西,看上去很柔软,前边对称地分布着两只眼。突然间,它的身体猛地抽搐,一股气流喷出,推动它转变方向。当身体再次舒展时,它已经稳当地吸附在双子星号的船壁上,八条触手均匀地展开,就像一个八角的海星。这真是一次漂亮的着陆。

"卡洛特。"马力七十五的影像跳了出来。

卡洛特看着他,问:"准备好逃跑了吗?"

"它们来了两个。它们正试图打破船体钻进来,双子星号损毁严重。可能还有十五分钟,它们就能突破船壁。你是对的,它们不是人,也并不友好。"

"一旦密封被打破,没有任何生还的希望。"

"是的,所以我向你告别。"

"永远不要放弃。现在,向前弹跳。"卡洛特认真地说。马力七十五感觉到一阵强烈的威压。他不由自主地想按照卡洛特说的去做,但还是控制住自己,他说:"我不作徒劳的抵抗。你赶紧逃跑吧,祝你好运!"

"现在,启动弹跳。"卡洛特说完,关闭了通信。双子星号收到轨道参数,询问马力七十五。马力七十五注意到奥德赛号改变了轨道,它正向着不明飞行物冲过去。

马力七十五的头脑中尽是卡洛特下达命令的神情,最后,他命令双子星号执行弹跳。

在弹跳之前,他看到奥德赛号被强光笼罩。一束激光从奥德赛号的尖顶上发射出来。突然之间,不明飞行物散开,分裂成大大小小许多碎片。一切陷入黑暗中。

仪表盘上的数字永久性地静止在零零零零零零零。四周很黑,连星星也难觅踪影。

"我们到了什么地方?这是什么时间?"

"位置不明。按照弹跳坐标,理论上应该向前跳跃了六百万年。"

六百万年!这一定是疯了。

没有奥德赛号的踪迹。马力七十五决定等着卡洛特。上一次他迟到了六天,这一次他会什么时候来?

卡洛特没有来。

九天的时间,马力七十五吃掉了所有的储备食物。

当饿得头昏眼花时,他开始食用那些小矮人放在船里的东西。牙膏状的食品味道独特,很难吃,然而很管饱。

他吃了三个月的"牙膏",习惯了那种难闻的味道,甚至觉得吃那些东西很享受。

卡洛特还没有来。

"牙膏"还能再吃几个月。卡洛特不会来了。

双子星号远远地跑出了银河系,落在荒凉的星际真空地带。在这里,肉眼看不到几颗星星,永远也不会有智慧生命来拜访,不管是敌人还是朋友。只有迷途的飞船,被永远地困在这里。

卡洛特又在哪里?

也许误差太大,他们已经永远地失之交臂了。这是好事。一个荒谬绝顶的任务,有一个不落俗套的结局。

马力七十五望着窗外。他已经无数次这样眺望,每一次都只能看见无尽的黑暗。这是没有任何希望的地方。哪怕时间过去了六百万年,却丝毫不见人类的踪迹。新都会?冥王星?太空船?那些曾经存在过的东西,也许此刻仍旧存在,然而它们都在哪里?宇宙就像这无穷尽的黑暗,而那些曾经存在的东西,就连最黯淡的星光也比不上。

马力七十五考虑了好几种办法来结束自己的生命。他想过用电,想过打开舱门,让自己飘进太空,想过咬断舌头……最后他什么都没有做。

他想起卡洛特。旅行到世界末日,这是不是一种很伟大的壮举?

双子星号没别的能耐,但是时间旅行就是它被设计出来的目的。

把生命继续浪费在这里毫无意义,于是马力七十五决定上路。卡洛特可能已经死了,也可能还活着,只要他活着,他就会不断向前。也许,唯一能够再次遇到他的地方就是在世界末日。

在所有的"牙膏"被吃完之前,希望时间之路已经走到尽头。

马力七十五驱动双子星号向前跳跃。

他就像一个在无尽沙漠中赶路的人,看不见的边际永远在前方。

弹跳,弹跳,弹跳……时间和空间失去了意义。对于马力七十五，它们是无可逾越的墙。黑暗空间，永无休止，把一切希望碾压得粉碎。唯一支撑马力七十五的动力是信念。向前，向前，向前……

黑暗中的星星从不闪烁，却也黯淡无光。一次次的弹跳，它们一次次变换位置，排列成不同的星图，有新的星星诞生，也有的会更亮一些，然而最终它们都消失在黑暗中。

终于，马力七十五发现，再也无法找到哪怕一颗星星。

"现在是什么时候？"

"一百七十五亿年。"

一百七十五亿年？这是一个接近永恒的时间。马力七十五没有想到他居然跑出了这么远。在他模糊的知识里，太阳能够燃烧一百亿年，此刻，太阳早已暗淡无光。银河系呢？银河系是不是也同样？

"地球还在吗？"

没有人回答他。双子星号不能理解这样的问题。

宇宙正在冷下来，马力七十五想。可能在很小的时候，他曾经上过这样的课，然而却不记得任何更多的内容。他只知道，宇宙是会冷却的，当所有的星星耗尽了燃料后，它们会冷却下来。星星失去活力，而宇宙失去光亮。这样的图景在书上重复过一百遍，听起来很让人绝望，然而人们并没有多少忧虑——数以亿计的时光对于一百年的生命毫无意义。马力七十五却发现双子星号正用一种奇特的方式在他有限的生命里展现宇宙不可挽回的颓势。哪怕上亿年的时光，也只是昙花。

马力七十五停留了一整天，然后继续上路。

枯燥的旅途失去了最后一点乐趣。马力七十五把一切都交给了双子星号,他所做的一切就是睡觉、吃饭、看一眼窗外的黑暗。

双子星号的效率在下降,每一次弹跳之前的振颤在加剧。从毫无感觉,到渐渐的细微颤动、蜂鸣、急剧振颤……飞船用无声的语言告诉马力七十五,它正在老去。

马力七十五并不焦虑。这样的情形随时可能让他送命,然而他没有任何办法补救。

双子星号仍旧按照设定的程序不断前进。马力七十五坦然地等待着随时可能到来的崩溃。

"记录时间。"他给双子星号下达了新的指令。

两个简单的数字显示在屏幕上。

二百四十八。这是飞船走过的年份,以亿年为单位。飞船跳跃十多次,数字增长一。

一万四千五百八十八。这是飞船进行跳跃的次数。

这样,即使飞船最后崩溃,他也可以知道到底走出了多远。

马力七十五陷入沉睡的时间越来越长。很多时候,他醒来,甚至不吃任何东西,只是看一眼数字,就继续兜头沉睡。他想,自己一定是患上了某种疾病,然而这未尝不是好事,他的食欲也大大降低,这降低了被饿死的风险。

睡眠中偶然会有梦。马力七十五梦到一个巨大的光球。他站在光球下,是一个黑色影子。影子拖得很长。他向着光球走去,走去……尖厉的声音打断了梦境,双子星号发出警告。

屏幕上有些东西,当马力七十五看清楚那是什么时,昏沉沉的头脑马上清醒过来。

一艘飞船。那居然是一艘飞船!

那是一艘巨型飞船,它挡住了双子星号的飞行轨道,迫使双子星号停下。它比马力七十五想象的还要大,双子星号靠上去之后,马力七十五才明白自己来到了一个什么样的所在——飞船就像一个星球,而双子星号仿佛一粒微尘。飞船降落,下边是黑色而粗糙的表面,仿佛广袤无边的大地,微弱的光线从巨型飞船的某些位置散发出来,让整个大地显出淡淡的金属光泽。

马力七十五突然有一种踏实可靠的感觉,仿佛回到了地球的土地上。一道裂口缓缓打开,无形的力量牵引着双子星号降落到一片灿烂的光里。双子星号被送进飞船内部。

一个机器爬上了双子星号。它转过整个船舱,用一种蓝色光线到处照射,最后停留在双子星号主机边,改用红色光线照射。很快,它到了马力七十五面前,用一种很奇特的声音说话,那声音仿佛就在马力七十五的头脑里。

"你的旅行目的地?"

"我在追捕一个逃犯。"

"逃犯?你是说一个同伴?"

"就算是吧。"

"基地认为你的飞船不适合继续进行时空跳跃。你是否愿意生活在基地?"

"基地?这里?"

"是的。"

一个全息投影出现在马力七十五面前,他仿佛正从半空中鸟瞰一个城市,那里绿树成荫,繁花似锦。马力七十五看见一个人,还有一条狗,正在嬉戏。

"你来自一千多亿年前的某个文明,这是你们的生活区。你可以选择在这里生活。"

"有人在这里?"马力七十五感到一阵欣喜,然而他马上冷静下来。他看清了那个人：他头部膨胀，仿佛一个巨大的蘑菇，脸色血红，没有鼻梁，只有两个孔洞，嘴唇收缩，只是一个小孔，耳朵萎缩，只剩下一个小小的突起。他的眼睛向外鼓起，转动起来，仿佛机警的变色龙。

"你是说我和他是同类？"

"是的。"

马力七十五沉默了一小会儿，问："这里到底是什么地方？"

"这里是终结之地。所有的时空螺旋汇聚之处。"

"这就是世界末日？"

"宇宙还有很长的寿命。终结的意思是，所有的时空轨迹都会被扭转到基地控制范围内。"

"你们能控制整个宇宙？"

"不是这样的。此刻的宇宙和一千多亿年前完全不同。它要小得多。"

"小得多？"马力七十五有些疑惑，突然间他意识到另一个问题，"你是说一千多亿年？"他看着飞船显示的数字，那明明白白地显示二百四十八，"我的飞船告诉我，我只走过了二百四十八亿年。"

"你们的飞船质子丰度显示它距离此刻的时间是十亿六千六百万分之一质子半衰期。用你们的时间计算是一千亿年，误差不超过三十亿年。"

"那么我的机器出了错？"

"对时空跳跃的飞船来说，时间紊乱是必然的。跳跃飞船的计时器过于原始。"

一千亿年！这个天文数字并没有激起马力七十五太多的想

象。当时间超越了某个限度,就成了一个抽象数字,没有太多的含义。

"你们又是谁?在干什么?"

"基地代表文明。在你们的世界,宇宙里有许多文明,彼此隔离。此刻,只有一个基地,所有的文明都在这里。这里是智慧生命的最后家园。两千万年前,宇宙尺度缩小到合适范围,仲裁者决定启动时空拦截。所有经过基地的时空轨迹都会被拦截下来,强制回到正常时空。"

"拦截时空轨迹?"马力七十五有些似懂非懂,"为什么?"

"旅行者只是需要一个家园,他们再也回不去从前的文明,但是基地收容他们,给他们一个家园,大体和原来的文明相似。"

"有很多旅行者?"

"平均每年会有一个。基地累计拦截了两千万个。大部分已经死亡。此刻,有三十二万五千个仍旧活着。史前文明的旅行者寿命都很短。高级智慧生命从不进行时间旅行。"

"为什么?"

"这毫无意义。"

马力七十五沉默了一小会儿。机器的说法是对的,这样的时间旅行毫无意义,只有被创造伟大奇迹的非理性支配了头脑,才会作出这样的决定。那个梦想着创造伟大壮举的疯子又在哪里?

"有和我一样的飞船吗?和我使用同样的语言,飞船叫作奥德赛号。"

"有。"

马力七十五一阵欣喜,有些迫不及待,"在哪里?带我去见他！"

"不行。奥德赛号在两百七十四万年前抵达。"

马力七十五仿佛掉进了冰窟。两百七十四万年！人连零头的零头都活不到。他感到手脚一阵发凉，身子发软。

机器闪过一道红光，继续说，"奥德赛号没有留下。它继续向前弹跳。"

"你说什么！"马力七十五挺直身体。

"他说……"机器突然转变了声音，"嗨，伙计。咱们还没完。来吧！"千真万确，那是卡洛特的声音。

"这句留言留给问起奥德赛号的人。留下声音的人……"

机器继续说，然而马力七十五什么都没有听进去。是的，卡洛特来过，到了这里，而且继续向前。他没有停下，也不打算停下，直到时间的尽头。马力七十五的头脑一片空白，满是狂乱的欣喜，当他从迷失的状态恢复过来，发现自己居然在掉眼泪。

他不需要其他选项。

向前，向前，向前。

马力七十五继续踏上一个人的漫漫征途。

终结之地的机器帮助他修复了双子星号，甚至彻底改装了它。它们也用一种药丸似的营养剂给马力七十五补充食物，据说可以够他吃一百年。

一千六百四十五。

机器屏幕上显示这个数字。这应该是一个正确的数字，终结之地的机器给双子星号安装了另一种计时器。

马力七十五望向窗外，窗外一片白蒙。

宇宙正在逐渐亮起来。最初的时候，那是隐约的微光，后来，是黯淡的红光,每一次跳跃,宇宙都会变得更亮一点。此刻,外边是一片白蒙,就像清晨多云的天空。宇宙正快速地收缩,散落的辐射重新汇聚,温度在升高。这是跨向终点的预兆。马力七十五非常感谢终结之地的那些机器,它们预料到这点,让双子星号的外壳能够抵抗强烈的辐射。另外,它也警告马力七十五,谁也无法预期最后的情况会变得怎样,可能没有抵达时间终点,飞船就已经在辐射中分崩离析。

"双子星号这样大小的飞船,只能前进到最后时刻前十五个小时,你可以在那个时间找到奥德赛号,如果它也抵达了时间终点,然后,你们能继续存在三个小时。再往后,物质和能量的界限被打破,有序结构消失,生命不可能存在。"

机器是这么告诉他的。

每一个跳跃暂停时刻,他都可以进行选择。他的生命不过百年,只要愿意,可以随时停下来,任由双子星号飘荡,然后慢慢老去,安然死去。宇宙虽然也在死亡,然而对于每一次暂停,宇宙仍旧仿佛永恒。

马力七十五望着白蒙蒙的世界。没有人,没有飞船,没有恒星发亮,也没有多彩星云,只有无数的黑洞隐藏在光亮背后。终结之地呢?虽然机器并没有提出那个庞大基地的最终计划,马力七十五猜想那基地可能已经湮灭。那些比人类高级得多、聪明得多的存在,当他们不再能够拦截到任何时空轨迹,给那些迷失的旅行者提供出路时,也就失去了存在的意义。

如果留下,就应该留在终结之地;既然前进了,就走到底,做完自己的事。

每一次马力七十五都这么鼓励自己。这一次,这个理由仍旧合适。

他继续向前跳跃。

窗外的光变得更亮,金灿灿地晃眼。双子星号发出警报,跳跃程序中断。他们撞在了时空尽头的墙上。

没有奥德赛号。

但下一秒,奥德赛号神奇地出现在双子星号前方。

马力七十五发出通信请求。他等待着。

"这是奥德赛号……"他听到了来自奥德赛号的反馈。

卡洛特已经死了!马力七十五几乎不敢相信自己的耳朵。

他不但已经死了,而且死了很久。离开终结之地后,他只向前跳跃了三百亿年。后边的旅途由奥德赛号根据卡洛特最后的指令独立完成。

马力七十五感到心力交瘁。他没有想到竟然是这样的结果。

可能只剩下最后的三个小时,他决定去奥德赛号上看看。

对接完成,他飘进奥德赛号的船舱。船舱里很冷,隔着宇宙服,他仍旧能够感受到凉意。奥德赛号的船舱几乎和双子星号一模一样,卡洛特安静地坐在座椅上。他很安详,仿佛仍旧活着,只是睡了过去。在终结之地,他已经得了严重的放射病,然而坚持继续向前。他知道自己恐怕不能实现愿望,于是开始录制影像。

马力七十五飘过去,在副手的椅子上坐下,用安全扣把自己固定起来,说:"好了,开始吧。"

卡洛特的头像出现在屏幕上,他挤眉弄眼。

"戴维,你把所有的钱都输给了我,可能觉得很不爽,但是这很值。这些钱都转移到了孩子的教育上,至少有三千多个孩子因为你而受益。他们会感谢你。另外,你也太胖了,穷一点有助于你减肥……"

马力七十五记得这个案子，这是卡洛特所有罪行中很小的一桩，但可能是他犯的第一个案子。

"马格力太太，你是一个好人，也许你不知道是我帮你打赢官司，让你免去坐监狱的烦恼，但你一定知道，除了那套房子，你什么都没剩下，全部进了律师的腰包。那个律师就是我。我真是太可耻了，居然要挣一个老女人最后维持生活的钱，但那个时候我真是太穷了。后来我去找过你，可是你已经死了。你在天国对我进行抱怨也是有道理的，可惜我肯定要下地狱，虽然很想说对不起，恐怕也没有机会……"

卡洛特似乎在进行一生的回顾，他不仅谈论马力七十五所知道的案子，而且还有大量马力七十五根本不知道的东西。马力七十五似乎在听一个人自述生平事迹，评论他经历过的事。

屏幕上卡洛特眉飞色舞，绝不像一个重病在身的人。

宇宙烈火熊熊。马力七十五安然坐着，耐心地听着录音。

三个小时很快过去了。留言也到了最后。

最后的留言是给他的。

"可爱的警察，也许你是唯一能听到我的遗言的人。如果你听到了，很高兴你能追上来。很抱歉，把你拉下水。我以为我是最疯狂的人，没想到你比我还要疯狂。老实说，可能我们是同一类人，很高兴能有你做伴。"声音停止了。马力七十五伸手去触摸屏幕，突然间声音又冒出来，"对了，最后补充一句，如果你想逮捕我，那就动手吧。我不会再跑了。"声音沉寂下去，再也没有响起来。屏幕上卡洛特的影像凝固，嘴角带着一丝微笑。

马力七十五伸手从裤兜里拿出一幅小巧的手铐，俯过身，他铐住卡洛特的手，另一端铐在自己手上。

突然，他看见卡洛特的左手握着一只镯子。那是女人的用品，花纹很特别。卡洛特想起在出发前的招待会上，那个女记者头上的钗子，他想，这镯子和那钗子是配对的。

他没有听到留言中有任何关于这镯子的事。卡洛特说了三个小时，他说了很多故事，还有更多的故事没有说，但在这时间的终点处，一切故事都将被消灭。

马力七十五坐直身子。他看着外边，金灿灿的宇宙无比辉煌。也许下一个瞬间，一切都会湮灭。马力七十五没有明天，然而此刻，他感到无比平静，仿佛通达了整个宇宙。屏幕上，卡洛特正向他微笑。

他露出一丝微笑。

空间维度·时间尽头与宇宙仙境

●王元/文

  神秘感是我们所能拥有的最美丽的体验。它是最根本的情感，有了它，才能哺育出真正的艺术和真正的科学。无论是谁，如果对它没有认识，不再好奇，不再惊异，那就与死无异，而他的目光也就黯淡下来了。

——阿尔伯特·爱因斯坦

卷首语：直到时间的尽头

  江波老师绝对算是科幻界"四大天王"之后的领军人物之一，他的"银河之心三部曲"《天垂日暮》《暗黑深渊》《逐影追光》气势恢宏。就在刚刚过去的2019年，江波老师凭借《机器之门》一书获得京东科幻文学奖和银河奖最佳长篇两项殊荣。提到江波老师，读者的第一反应往往是太空歌剧、人工智能等非常正统的科幻元素，在科幻小说发展越来越多元的当下，江波老师坚持传统科幻的底线，不论设定，还是故事，都保持着黄金时代的遗风。这种守望往往让热爱科幻的老读者热泪盈眶。江波也仿佛成了硬科幻的标签，阅读他的小说我们要做好烧脑准备。《时空追缉》没有刻意兜售那些让人眼花缭乱的设定和脑洞，而是营造了一种广袤而孤独的氛围——时间的氛围、空间的氛围。两个人——一个是看上去十恶不赦的罪犯，一个是正义得有些木讷的秘密警察——上演了一场别开生面的猫鼠游戏。

《时空追缉》并不复杂，跟江波老师的其他作品相比，还有些简单，简单到没有核心设定，不论是近未来、远未来，还是单向时间穿越、飞船、基地等都是科幻背景，而且故事本身也没有让人瞠目结舌的阴谋和花里胡哨的反转，看得出来，江波老师只是想好好讲一个故事，一个与时间有关的故事：

卡洛特是人们口诛笔伐的超级罪犯，乘坐一艘具有时间穿越功能的飞船奥德赛号逃离他所在的时空，马力七十五是一名秘密警察，奉命追缉逃犯，他驾驶的双子星号与奥德赛号型号相同，功能更为先进。马力七十五出发，同时，也意味着他在现实世界"死亡"了。江波老师在这里做了一个非常有趣而悲哀的限制——只能向前，这也是目前得到理论证实的设想，所以，他们一旦穿越到未来，就无法回归。这对于同时代的人来说，无异于死亡。故事开头其实就定了基调，不管未来结果如何，追捕成功或者失败，都不会对当下产生任何影响。马力七十五却毫无畏惧和犹豫，不顾一切保证完成任务。当他们经历追赶、对话、危机后，逐渐还原出另外一个卡洛特，他并非人们刻画的那样不堪，相反，还很伟岸。他资助贫困学生，向前沿科技捐款，就连追捕他的机构也吃着他的回扣。马力七十五开始迷茫，但没有动摇追捕的决心。

随着一次次跳跃，他们遇见各种各样的未来人，有矮人，也有基地人，未来没人关注他们的身份和案情，他们完全可以和解，但马力七十五选择继续，直到时间尽头。让人拍案叫绝的是，江波老师没有拘泥于故事本身，而是用越来越远的时间线让主题得到升华。我们不禁要问，卡洛特为什么要一直跳跃？故事读到一半，我们就发现他不是为了逃跑，他的身份和资产完全可以让他安全无忧地活着，他给出的答案是他要成为人类探索时间的先驱。在这个探索中，最需要的不仅是勇气，而是与孤独做伴的觉悟。把一个人关在衣柜里，封闭和黑暗的环境在几分钟内就会让人感到不适，而宇宙就是一个漫无边际的衣柜；衣柜还有可以触摸的门板，宇宙却没有边缘。时间呢？时间有没有尽头？这正是江波老师借卡洛特之口发出的诘问。马力七十五的意外加入，让孤独有了出口，两个人竞相追逐到了时间尽头。最后的最后，马力七十五终于完成抓捕任务，而卡洛特已经去世，这不禁让人唏嘘，却也让人感到一种解脱的释然。

通篇读完，除了卡洛特和马力七十五两个主要角色的戏码，

■ 欧洲南方天文台超新星天文馆和访客中心的天文馆内部景观。倾斜25°角的天文馆穹顶会使听众有观看宇宙的感觉。当观众被时空所束缚时，星星变成了光亮的条纹。观众仿佛置身于太空中（图片来自ESO）

还有一些值得玩味的细节，如时间螺旋区。看到这个词，我的脑海中浮现出DNA双螺旋图案，也许时间线不止一条，就是以螺旋的方式缠绕，一旦打开时间螺旋区，就可以进行时间穿越，就像穿过连接不同时空的虫洞。还有关于"飞船能够精确地控制时间，但没法控制地点，跨越时间越长，误差就越大"的设定，看似不起眼的一句话，不仅为后续剧情作足铺垫，还暗含了一些时间旅行的规律。我们经常可以在一些时间穿越的科幻小说中看到，回到过去或者去往未来的时间和坐标都非常精准。事实上，兼顾时空可不容易，它们是两个截然不同的参数。这些不经意的落笔最能够展现作者的科幻素养。

最后，跳出小说来看下这篇文章带给读者的思考：宇宙到底有没有尽头？时间到底有没有尽头？时空很近，我们每个人都生活在时空之中，清晨傍晚，行走坐立；时空很远，我们看到的可能是星星几亿年前发出的光芒，当我们看到它的光亮，也许它已经湮灭。探讨这样的问题总让人伤感。这也是《时空追缉》给人的感觉。作者淡化了冲突和动作，两个人在星空中就像两颗基本粒子。在可以想见的未来，有一天我们也许真的可以进行太空殖民，可以将宇宙飞船加速到接近光速，或者就像小说中描写的那样，跳跃，那些飘浮在空中的孤独就将真实地落到文明的肩头。只是不知道，这样一艘飞船到底能够把人送到哪里？毕竟，关于时空，我们了解得太少，正因为了解得太少，所以它显得迷离、诱人、让人欲罢不能。未知不正是探索的原始动力吗？

接下来，我会把时空拆开，分别讨论，与大家一起度过一段短暂的时空之旅。

上：时间

一、什么是时间？

什么是时间？

不同于数学和物理概念，时间与我们息息相关，无时无刻都要用到，就连无时无刻这个成语本身，也是时间的产物，所以，古往今来许多名人都想对时间下一个定义，不仅是科学家，还包括文学家和哲学家。

这看上去是一个愚蠢而不怀好意的问题，容易让人掉进哲学陷阱，回答这种问题，往往是话到嘴边却无法组织语言。百度百科对时间的描述为：物理学定义的标量，借着时间，事件发生之先后可以按过去、现在、未来之序列得以确定（时间点），也可以衡量事件持续的期间以及事件之间和间隔长短（时间段）。

这好像说清楚了，又好像什么都没说，就像我们从小听到大的道理，如时间就是金钱。所有人都知道这句话，但很少有人能真的把时间兑换成金钱，就像很少有人知道这句名言出自本杰明·富兰克林之口。

古罗马的天主教思想家奥古斯丁在他的名作《忏悔录》中试图解答这个问题："那么，什么是时间？在没

■这是时钟，不是时间（图片来自Petar Milošević）

有人问我的时候,我知道答案;但如果我想向问我的人解释什么是时间,我就不知道答案了。"话糙理不糙,时间有点像量子反应,观测之前,无处不在,观测之后,坍缩了。法国哲学家莫里斯·梅洛庞蒂主张,时间并没有真正流淌,之所以看起来如此,是因为我们暗地里往时间这条河流中放了一个证明它在流动的证人。换句话说,因为我们存在,才证明了时间流淌;假设文明覆灭,那么时间这条河流就会干涸。

过去、现在、未来这个连续体是否可靠?这取决于我们如何定义现在。假设你看到这行字的时候就是现在,那么现在是什么?这不是悖论,只是有些混乱,说明了现在无法定义。当你准备说"现在"的时候,现在仍然属于未来,当你说出口时,现在就属于过去了。由此可知,现在不存在,继而导出时间不存在。这可不是危言耸听。关于"时间不存在"有一大批忠实拥趸,其中不乏高级知识分子。在他们看来,这显而易见,时间没有可以触摸的实体,只是人们为了方便生产生活而确定的一种刻度,就像厘米、千克等单位,你能说厘米存在吗?好像无法反驳。人们只能从哲学角度寻找立脚点,我们所做的每一件事,都是在时间中完成的。世界就是一系列事件通过时间串联而成的链条,时间是一种熵的无序流动。没有时间,世界就会静止,万物也会因此毁灭。

除了哲学家,文学家也会来凑热闹,博尔赫斯说:我由时间这种物质构成,时间是一条载我飞逝的大河,而我就是这条河;它是一只毁灭我的老虎,而我就是这只老虎;它是一堆吞噬我的火焰,而我就是这堆火焰。毫无疑问,这只是一种美丽的修辞,但是如果我们谁也无法精准定义时间,那么时间为什么不能是人类本身呢?

接下来，我们还是回归科学家视角，不要被哲学家和文学家带偏。

牛顿运动定律虽然没有直接定义时间，却提示出许多时间特质。经典物理学假定，不论某一事件发生于何时何地，都可以客观地说出它发生在宇宙任意一个其他事件之前、之后还是同时，因此，时间为世界上的所有事件规定了完整的先后次序。"同时"是绝对的，是一个与观测者无关的事实。为了满足牛顿的要求，时间还必须是连续的，像一条铁轨，搭载着名为人类的乘客向前，这样我们才能定义速度和加速度。经典的时间还具备衡量时间持续长短的概念，物理学家称之为"度规"。牛顿还提出，世界生来就配备一个地位超然的母钟。母钟以独一无二的方式，客观地将世界分割成一个一个瞬间——有一种说法叫作"时间子"或者"时子"，认为时间在宏观尺度上是连续的，但在微观尺度上却是一份一份的。一份时子，就是一个瞬间——牛顿物理学只遵从母钟的运行方式，母钟向前流淌，就像一列不能倒退的火车，义无反顾地驶向未来。总结这些特征：次序、连贯、持续、同时、流

■ 在古希腊神话传说中，柯罗诺斯是时间之神。他的力量高于万物，存在于宇宙诞生之前，他创造混沌和秩序乃至一切

淌，还有方向，所有这些元素组成的东西，就是牛顿认为的时间。

牛顿有句名言："如果说我看得更远一点，是因为我站在巨人的肩膀上。"后来人也站在牛顿的肩膀上，对时间提出更加符合规律和认知的定义。奥地利物理学家路德维希·玻尔兹曼推论，不管时间是正向还是反向飞逝，牛顿定律同样适用，因此时间本身并没有固定的方向，就跟力的相互作用一样，施力和受力等同。他还提出，过去和未来的差别不是时间固有的，而是由宇宙中物质组织过程的不对称性引起的。

爱因斯坦紧随其后，提出废除绝对同时的概念。根据狭义相对论，事件是否发生在同一时刻，取决于速度。事件并非单纯在时间或者空间中发生，而是结合了时间和空间的时空。到了广义相对论，因为引力的加入，时间的定义变得更加模糊。广义相对论认为，引力可以扭曲时间，因此在不同地点流逝的时间存在差异。

直到今天，物理学对时间的定义仍然没有停止，而且量子力学这个不确定因素的加入引发了更多的混乱。量子力学对于时间的认识并不统一。我们很难定义时间，或许这是时间唯一可以确定的特质。相比如何定义时间这种永远都充满矛盾和疑惑的问题，时间是从何开始的问题似乎拥有一个标准答案。真的是这样吗？

二、时间的起源

我们先来公布一下标准答案。

众所周知，宇宙是从大爆炸开始（至少目前流行的理论如此，下文我们会针对这个理论作一些梳理），所以，理所当然地，时间也应从那时发端。有一千个读者就有一千个哈姆雷特，对于文学作品和角色的解读因人而异，但也有一定的、公认的标准，不管怎么创新，都没有人会把哈姆雷特跟鲁迅笔下的阿Q混为一谈，也许绞尽脑汁能够总结出二者的相似之处，但两个鲜明的人物形象无论如何不可能严丝合缝地重叠。物理和数学定律，拥有基本性和唯一性，1+1只有在算错的情况下才等于3，而时间却是一个狡猾的变量，不管特质还是出身都不可捉摸。人类对于时间的认识不是一个逐渐解密的过程，而是摇摆不定的，有时看清了时间的本来面目，有时又推翻之前的结论。几乎没有一个人可以拍着胸脯保证：我了解时间。

　　古希腊的哲学家对于时间的起源有过非常激烈的争执。正方是宣扬"吾爱吾师，吾更爱真理"的"叛逆"学生亚里士多德，他的观点是时间没有起点，他的论据是无不能生有，如果宇宙无法从"无"到"有"，它只能一直存在，由此，时间必然向过去和未来无尽延伸，没有起点，亦无尽头，就像一条向左无限延长、向右无限延长的直线。跟他打擂台的反方是基督教的神学家奥古斯丁，他坚持上帝存在于时空之外，并且能像创造世界和人类一样创造时空，就像程序员编写了一个虚拟世界，所有属性都是程序员（上帝）的代码。正方和反方开杠，正方："上帝在创造世界之前在做什么？"反方："时间本身就是上帝的'创造'的一部分，因此没有什么'创造之前'，仅此而已。"看起来有些胡搅蛮缠，但他都引进上帝了，无法用科学逻辑与之辩驳。任何学科一旦引入上帝，就像写作者闯进自己的小说，跟角色对话，扭曲角色的设定和故事发展，无异于作弊。

　　当我们讨论一个问题的时候，必须标明各自的信仰。这看

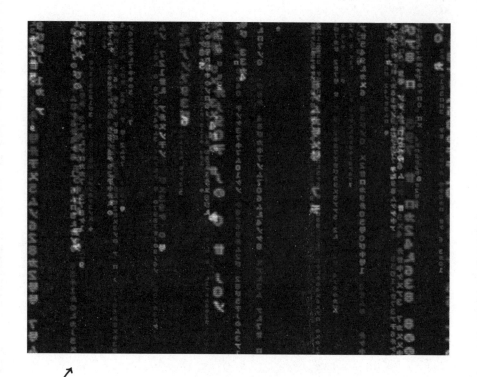

■ 我们的世界可能只是数字和符号组成的矩阵（来自《黑客帝国》屏保的屏幕截图）

起来有些无稽之谈，但至少在古希腊那样的年代非常有必要。即使到了现代社会，还是会有许多意外因素干扰正常的科学研究。我想说，这不涉及严谨和储备，而是一种思考问题的方法论。有时候，这个干扰因素是不同的信仰，更多时候其实是一种偏见。每个人成长的环境和世界观不同，对待同一个问题时会折射出不同理解，碰撞出火花。这没什么，世界上许多真理都经受过烈火的考验，比如为日心论献身的布鲁诺，最重要的是坚持两点：第一，要学会提出自己的观点；第二，要学会接纳他人的观点，尤其是针对时间和文学这种可以从不同角度解读的事物。好奇心和包容心，是每个普通人都可以拥有的两样法宝。

随着科技的发展，时间起源这个世纪难题逐渐分出两个阵营，也即现代物理关于时间起源的两种基本观点：

一种是本文开始提出的大爆炸说。这是流行许多年，而且便于理解的观点。广义相对论认为时空是柔软的、复有延展性的实体，在极大尺度上，空间天然就是动态的，随着时间膨胀或收缩。在广义相对论的标准大爆炸宇宙学中，任何两个星系的距离在某段有限的时间之前都是零。在这个时刻之前，时间失去存在的意义，或者说并不存在。天文学家已经通过观测证明，宇宙正在膨胀，当我们追溯到最初，所有的星系都会被压缩成一个点，也就是著名的奇点。大爆炸由此而来，空间、时间由此而来。我们假设奇点之前是虚无，就像空白的文档，奇点是作者写下的第一个字，是标题，空间是一个一个字节堆积的内存，时间就是衡

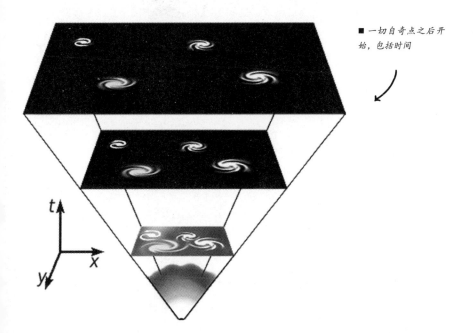

■ 一切自奇点之后开始，包括时间

量阅读耗费的长度，我们的宇宙就是一部日更了137亿年的超级大部头。这个观点将问题简化了，而且更加符合人们固有的思维认知方式，就像我们习惯从零开始计时，零之前就是虚无。很难说，是我们的认知方式选择了这个观点，还是这个观点影响了我们的认知方式。这不是"鸡生蛋蛋生鸡"的刁难，而是具有某种指导价值，就像老师向学生灌输知识，不同的老师有不同的教育方法和理念，教出的学生也会不尽相同。当学生跟随老师一段时间之后，便会协调到老师的教学频率，但也有一些自学能力较强的学生会发展出自己的认知体系。这很难说好或者不好，对还是不对，而是取决于当事双方的诉求。

另外一种观点具有一定的陌生性和挑战性，这是必然的。任何事物发展到一定阶段就必然出现这样那样的不足，蠢蠢欲动的后起之秀便会取而代之，而新事物的破立也必然带来争论。古往今来，无不如此。这种观点首先否定了奇点，认为这个孕育出万物的奇点并不存在。如果时间并非从大爆炸开始，如果宇宙在膨胀之前就有很长一段时间自我调整，那么这更接近我们今天对宇宙微波背景观测到的数据。由于宇宙膨胀，星系之间的距离增大千倍不止，不同的星系的性质却基本相同。这一直困扰着科学家，而上述观点刚好可以作为解释。还拿前面的比喻举例，作者每天都能保质保量地更新相当体量的字数，可能是因为他的水平很高，而且自律，每天都能把自己按在电脑前，不被微博、新番、综艺绑架，敲打出需要更新的章节；也可能是他在开文之前就储备了大量篇幅，所以日更就变得轻而易举——因为有料，所以无畏。

这两个理论各有利弊，平分秋色。第一种理论被研究得更彻底，得到的客观支持也更多，人们的认可程度更高，如果我们进行街头采访,十个受访者中有七八个人会为大爆炸站队,另两三个可能会说不知道——这不是幽默。英国小说家和物理学家 C·P·斯诺进行过一次著名的演讲,他说服众人不仅应当懂得文字的读写,还应当认识科学。就像十几年前,人们总说扫盲,那时扫的是文盲,而现在需要扫的是"科盲"。是否知道大爆炸也许对我们的生活不会产生任何影响,但是当你的子女问起时,你若能够侃侃而谈,一定会激发他们对科学的兴趣。第二种理论虽然不为人知,但似乎更加接近真相,如果时间在大爆炸之前就存在,那么宇宙就会永远存在,即使坍缩,也不会终结,因为奇点之前还有时间。

如今,量子力学和弦论都在试图找到时间的起源,各自都发展出一定的理论基础,但是真正揭开时间的神秘面纱也许还需要很长一段时间。

三、时间的终结

我们无法确认时间的起源,也很难确认时间的终结,在这一部分,我们会努力逼近真相,就像过去几百年那些兢兢业业的科学家们所做的那样。如果遇见困难,就直接放弃,那么我们可能还在树上,从叶缝中望着月亮发呆,永远不会有《望月怀远》,也不会有《月亮代表我的心》了。

先来回顾一下江波老师的《时空追缉》,这篇小说写到最后,两位主人公来到时间的尽头。我们当然不能把小说情节当成论据,甚至不可能把小说看作预言,尽管并不排除许多科幻小说都对未来进行了精准地预测,尤其是理工科的作家,诸如阿瑟·克拉克爵士,他几乎可以描写未来。许多科幻作家都涉猎过时间穿越题材，但是很少会让笔下的主人公冒险穿越到时间尽头，没人知道那里有什么，甚至没人知道有没有那么一个"尽头"，所以，只是描写的勇气，就值得给江波老师一个大大的赞。

时间尽头的争议一直存在，哲学家在物理学家试图用公式和实验阐述之前早就磨刀霍霍，准备用把人绕晕的思辨语言注释。康德认为，这个问题是"二律背反"。所谓"二律背反"，官方定义是指双方各自依据普遍承认的原则建立起来的、公认的两个命题之间的矛盾冲突。在17—18世纪，人类已经开始对宇宙进行能力所及的观测与研究，但由于人类理性认识的辩证性试图超越经验界限去认识物体，误把宇宙理念当作认识对象，用说明现象的东西去说明它，必然产生"二律背反"，而实践则可以使主观见之于客观，论证相对性与绝对性统一的真理，翻译成大白话就是"公说公有理婆说婆有理"，即怎么说怎么是，让人无法取舍。康德一共提出四组"二律背反"，其中一组就是关于时间与空间。正命题：宇宙在时间上有起点，在空间中也有限制；反命题：宇宙没有起点，在空间中也没有任何限制，它在时间与空间中都是无限的。

亚里士多德主张时间既没有起点，也没有终点。每个时刻都是前一个阶段的终点，又是后一个阶段的起点；每个事件都是某些前因的后果，又是另一些后果的前因。

爱因斯坦在广义相对论中诠释引力时，时间这一原本平滑、均匀的事物发生了可怕的连锁反应，因为引力作用，时间可以变慢，可以加快，还可以停滞。一直以来，我们都是随着时间变化成长、衰老和死亡的。爱因斯坦指出，时间也在随着我们而变

■ 引力会造成时空的弯曲

化。这非常奇怪,却又迷人。这个比喻,虽然不够恢宏,却也能点出关于时间亘古不变的真理。

为了说明时间有无终点,我们要引入另外一个经常被谈起的概念:奇点。如果物理观点也有热度一说,那么奇点绝对处于当仁不让的C位,不管是古老的宇宙,还是新兴的人工智能,一篇一篇热搜把奇点包装成了网红,许多书籍都喜欢塞入"奇点"二字,它仿佛是提升图书销量的不二法宝。这个科学术语实际所指的正是时间的边界,可能是开端,也可能是终点。这里有一个误区,很多人以为奇点就是宇宙大爆炸,其实不然;宇宙大爆炸是奇点,但奇点不是宇宙大爆炸,这里面有一个包含关系。奇点不是一个专属某样事物的点,而像一个词牌名,可以套写。比如我们提到《水调歌头》,最先想到的就是《水调歌头·明月几时有》,但《水调歌头》可不是苏东坡的私有财产。宇宙大爆炸是最著名的奇点,即137亿年前宇宙开始膨胀的瞬间。我们前面提到，时间可能从此诞生。宇宙目前仍然在膨胀，但总有一天膨胀会停止，转而收缩，按照大爆炸以来膨胀的全方位原路返回。科学家为其取了一个跟大爆炸相反的名称，即大挤压。大挤压会把宇宙压回最初的那个奇点，时间也因此走到尽头。按照这个观点，不管我们驾驶宇宙飞船穿越到多久以后，都无法到达时间尽头，因为一旦宇宙回到奇点，所有事物在此之前就已经灰飞烟灭。

宇宙中充满奇点，就算躲过了大挤压，宇宙仍准备了丰富的毁灭套餐，如大沉寂——宇宙永远膨胀下去，变得越来越空旷，越来越昏暗；大撕裂——宇宙把自己撕成碎片；大刹车——暗能量从推动宇宙膨胀换挡到阻碍宇宙膨胀，给膨胀中的宇宙来一场急刹车；大倾斜——一个突发奇点无须暗能量参与就能出现，只需要普通物质自我激发到某种狂暴状态。这可不是为了开玩笑而杜撰的排比，而是科学家们呕心沥血的研究。他们不但预言了时间的终点，还指出时间终结的四个阶段。需要注意的是，以下四个阶段并非按照顺序递进，可能调整顺序，甚至同时进行。

（1）丧失方向性：当宇宙耗尽所有可用能量，达到一种全面停滞的状态时，时间将不再前行，在一个永恒膨胀的宇宙中，时间可能丧失方向性，宇宙中唯一的活动将是密度和能量的随机变化；（2）丧失持续时间：当所有能够标示出固定时间间隔的系统全都瓦解或者被黑洞吞噬时，持续时间的概念将变得毫无意义；

■ 时间扭曲混乱（图片来自Craig Sunter）

（3）丧失因果关系：时间或许会沦为另一维空间，打破前因与后果之间的关联；（4）丧失结构：随着宇宙陷入某种混乱，时间会完全消失。这种混乱发生在现实最深的层面，比基本粒子和基本作用力所在的层面更深。

对于普通人来说，追逐时间的起点和终点不会对我们的现实生活造成改变或者影响，也不必非要把这些原本就没有定论的事情搞清楚，不过了解时间问题能更好地塑造我们的价值观。当然，最重要的不是迷恋过去和憧憬未来，而是兢兢业业，活在当下，就像保尔·柯察金所说："当你回忆过去时，不因虚度年华而悔恨，也不因碌碌无为而羞愧。"

四、时间穿越

与时间的起点和终点这些有些空洞的概念相比，普通读者更感兴趣的应该是时间穿越。

提到时间穿越，人们脑海中首先冒出的作品一定是科幻小说。当然，不排除一些人脑海中冒出《遇见你》《寻秦记》《终结者》《源代码》《蝴蝶效应》《回到未来》这类影视作品，或者《宫》。毕竟，时间穿越题材的影视远比小说更有受众。不管怎样，科幻小说还是时间穿越最正宗的文学载体，每个科幻作家都在这个题材上面贡献过奇思妙想，例如刘慈欣的《时间移民》，讲述未来迫于环境恶化和人口压力，地球政府决定派出远征队伍，选取25岁以下的人类成员向未来移民；宝树的《三国献面记》，通过一系列与历史相关的巧合重塑了历史；而国外的经典科幻小说就更多了，篇幅所限，简单介绍其中一部——阿西莫夫的《永恒的终结》。

与阿瑟·克拉克爵士齐名的阿西莫夫也拥有惊人的理工科背景，而且他一生写出过许多经典的科普著作，只是他的"基地和机器人系列"声名太盛，以至于掩盖了他在其他领域的光辉。阿西莫夫描写的是未来的未来。美国著名天文学家兼科普作家卡尔·萨根——他写出了《接触》，并在这本书提出了通过虫洞穿越时空的概念，影响了物理学——在悼念阿西莫夫说道："我们永远也无法知晓，究竟有多少第一线的科学家由于读了阿西莫夫的某一本书、某一篇文章，或某一个小故事而触发了灵感；也无法知晓有多少普通的公民因为同样的原因而对科学事业寄予深情……我并不为他担忧，而是为我们其余的人担心——我们身旁再也没有阿西莫夫激励年轻人奋发学习和投身科学了。"

我敢肯定，"某一本书"中一定有《永恒的终结》。这部小说虽然不如"基地和机器人系列"那么广为人知，但在科幻历史上占有一席之地。人们提到这篇小说时总说："他把关于时间穿越的点子写到了极致。"在这篇小说中，阿西莫夫直接把故事背景设定为27世纪，那时人类掌握了时间旅行技术，成立了永恒时空组织，在每个时代背后，默默守护人类社会的发展。永恒时空以一个世纪为单位，并视每个世纪的发展需要加以微调，以避免社会全体受到更大伤害。通过纠正过去的错误，人们将所有灾难扼杀在萌芽中，人类终于获得安宁的未来，但因为陷入因果链，面临着巨大而无形的灾难。

简单来说，我们可以把时间穿越分为两类，即向前穿越（回到过去）和向后穿越（进入未来）。需要注意的是，千万别被电影《回到未来》的名字误导，这部电影中主人公穿越到了过去，而非未来。

向前穿越已经不是科幻小说的专利。俄罗斯宇航员谢尔盖·克里卡列夫在"和平号"空间站待了803天,由于空间站以27 359千米/小时的速度在轨道上运动,时间流逝的速率与地球上不同,他利用803天坚持不懈的努力穿越到了1/48秒后的未来。当然,这种时间跨度不足以引起人们重视,想要让穿越来得更加猛烈,需要提高速度,理论上完全没有问题,问题是没有钱。须知,飞船燃烧的不是燃料,而是经费。这里涉及双生子佯谬。物理学中有许多广为人知的佯谬,外祖父和双生子是其中的"明星人物"。双生子佯谬常用的描述是:假设萨莉和萨姆是一对双胞胎,萨姆在家,萨莉乘坐接近光速的飞船高速驶向一颗临近恒星,到达目的地后立即回返;而萨莉航行一年,地球上已经过去十年,那么同年同月同日生的双胞胎便拥有了不同的年龄。

■ 双生子佯谬

除了驾驶飞船,利用钟慢效应达到向前穿行的目的,还可以利用另外一种看起来非常炫酷的方法。爱因斯坦在广义相对论中预言:"引力可以延缓时间。"事实也证明,阁楼上的钟表比地窖中的钟表走得更快,始作俑者就是引力,地窖中的钟表在引力场中处于更低的位置。跟谢尔盖·克里卡列夫的努力一样,

1/48秒不足以达到穿越的目的，阁楼和地窖的对比不够明显，需要很长时间才能观测到很短时间的差异。为了达成时间穿越的伟业，我们需要更强的引力场。中子星是个不错的选择。中子星表面的引力非常强，星球表面的时间相对于地球会延缓30%，当我们把一艘飞船放到中子星附近时，飞船相对地球时间就过得非常缓慢，地球上的人相对于飞船中的人就进入了未来。也许有人会问，为什么不是他们相对于我们回到过去？也可以这么说，我们和他们就是大号的双生子啊。如果中子星的引力还不能满足要求，可以去黑洞表面转一转，在那里，时间相对于地球是静止的，如果跌入黑洞，对你而言的一瞬间，就是地球文明的永恒。当然，前提是你能对抗黑洞辐射和潮汐力。

前文写了很多相对，如果我们留心观察，每个人都离不开相对。相对也是一种换位思考，当我们看到某样事物、学习某种知识时，都要想到相对，任何事情都有两面性，所以，相对向前穿越，向后穿越的操作性低得多。这种"低"不是说提高飞船速度和寻找中子星的技术问题，而是没有可以站稳脚跟的理论。

第一个通过广义相对论描述可以穿越到过去的宇宙的科学家是库尔特·哥德尔。他也是不完备定理的创立者，这个定理规定了数学能够证明什么和不能证明什么的范围。值得一提的是，在爱因斯坦七十大寿的时候，哥德尔将这个宇宙模型作为礼物为他庆生。这就是物理学家的浪漫，送蛋糕、送玫瑰什么的都弱爆了，如果男友送你这样的礼物，那么你以后就可以跟闺蜜炫耀："他送了我一个宇宙。"爱因斯坦也非常喜欢和看重这个后生，他跟人们说："去办公室上班，只是为了获得能和库尔特·哥德尔一起步行回家的荣幸。"哥德尔所描述的宇宙是旋转的，而且不膨胀，所有物质都绕着一个对称轴匀速转动，其中包含爱因斯坦的宇宙学常数。不同的是,这里的宇宙学常数小于零,因此产生引力,和物质的引力一起抵消了转动产生的离心力。这本身就足够有趣。哥德尔宇宙还有另外一个让人耳目一新的特质:它允许时间旅行。哥德尔证明,时空中的一些路径形成了闭合的回路。物理学家将这个时空轨迹称为闭合类时曲线。在时空中,一个闭合类时曲线可以是任何能够返回到自身的途径。在哥德尔的旋转宇宙中,闭合类时曲线就像纬线一样环绕整个宇宙——据说,这让爱因斯坦非常不安,这份独一无二的生日礼物除了让他念念不忘,还稍稍有些耿耿于怀。

科幻给了我们一个视角和一种可能,在那些科学无法明确的领域,科幻刚好发挥作用,让所有人都有机会搭乘时间机器,回到过去,看一眼去世的亲人,跟他们说说心里话,表达思念之情;也可以光临未来,向更加美好先进的社会取经。科幻小说愿意这样查漏补缺,让更多读者借此体验不同的人生,如果能受到一些启迪,就像因为阅读阿西莫夫的作品而走上科学研究之路的学者们一样,那就再好不过。其实,科幻文学有别于其他类型文学的最重要的特点是什么呢?不就是向往宇宙和未知的热忱之心吗?

五、时间与人

前文我们一直在谈论时间本身,但脱离人这个载体,时间仿佛也就失去了存在的意义。这一部分,我们来聊一些相对"落地"的内容,揭示时间与人的一些不为人知的小秘密。

> **小贴士**
>
> 秒的定义:铯133原子基态的两个超精细能阶之间跃迁时所辐射的电磁波的周期的9 192 631 770倍的时间。这个定义提到的铯133原子必须在绝对零度时是静止的,而且所在的环境是零磁场。

你所知道的最小的时间单位是什么？恐怕绝大多数人都会说秒。喜欢体育运动的读者应该见过，百米比赛的计时精确到小数点后两位。我们就以秒为界来认识这些平时不常用的单位。十分之一秒，差不多就是眨眼之间；毫秒，是一秒的千分之一，普通照相机的最短曝光时间即以毫秒为单位，苍蝇每三毫秒扇动一次翅膀；微秒，是一秒的一百万分之一，一台商用频闪仪的闪光持续大约为一微秒；纳秒，是一秒的十亿分之一，个人计算机中的微处理器通常需要1/3~2纳秒执行一个指令；皮秒，是一秒的一万亿分之一，室温下，水分子间的氢键的平均寿命是3皮秒；飞秒，是一秒的十亿分之一的百万分之一，视网膜上光子色素反应需要大约200飞秒才能产生视觉；阿秒，是一秒的十亿分之一的十亿分之一，科学家用阿秒为单位记录那些最短暂的事件。还有比阿秒更小的瞬间，那就是普朗克时间，大约为10^{-43}秒，这是目前最小的时间间隔。秒之上的时间单位比较常见：分钟、刻、小时、天、星期、旬、月、年、世纪、百万年、千万年、亿年、十亿年。日常生活中，我们也有许多记录时间的产品，包括钟表、手机和电脑。计时也是人类文明的标志之一。

至少在5 000年前，古巴比伦人、埃及人和其他早期人类文明就开始测量时间了。我们今天沿用的公历就是源自古巴比伦人、埃及人、犹太人和罗马人的历法。古代的计时工具有日晷、

■ 金属铯是一种金黄色、熔点低的活泼金属，在空气中极易被氧化，能与水剧烈反应生成氢气且爆炸。铯在自然界没有单质形态，铯元素以盐的形式极少地分布于陆地和海洋中。铯也是制造真空器件、光电管等的重要材料。放射性核元素Cs-137是日本福岛第一核电站泄漏出的放射性污染物中的一种（图片来自ErpingWu）

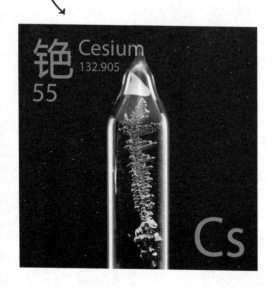

地漏、秤漏等，古装电视剧里面常说一炷香、两炷香，用燃香的时间作为计时工具非常方便，但是只能衡量某一段时长，无法准确得出当下的时刻。第一座由重力驱动的机械钟于1283年安装在英国贝德福德郡的邓斯特布尔修道院。天主教会对祷告时间有严格的规定，所以需要精确地计时，不像我们的晨钟暮鼓那么天然，只需要知道大概的天色。这何尝不是一种地域文化差异？

到了1300年，法国和意大利的教会就已经雇佣工匠制造更加轻便准确的钟表，早期的计时钟以敲击铃铛的方式报时，就像学校的上课铃。这种新机械叫作钟表，这种钟表使用了擒纵器，控制齿轮旋转，将动力传递给振子，保证持续运转。擒纵器一直延续到今天的机械表。到了16世纪，随着对精度的要求日益提高，荷兰天文学家克里斯蒂安·惠更斯发明了摆钟，随后推陈出新，加入摆悬系统，让摆锤沿着摆线的弧运动，确保摆动周期在理论上一致，相对机械表，其精度提高了一百倍。

现在最精密的计时工具是原子钟，这是1948年美国国家标准局的哈罗德·莱昂斯和他的助手一起设计的一种计时装置，基于原子的固有共振频率，即原子在两个能态间的周期性振荡。如今，协调世界时的标准频率就是取自全世界各铯原子钟的平均值，误差小于每天1纳秒。不仅日常生活离不开钟表，我

■ 日晷是古代的计时工具（来自中国湖南省桃源县）（图片来自Huangdan2060）

■ 惠普公司制造的原子钟。它是日本标准时间的主时钟（图片来自halfrain）

们体内也有一个时钟系统，这就是生物钟，但并不是所有人都知道人体内不止有一个时钟。

通常来说，我们的大脑有里两种钟表。一种是间隔计时器，计量时间间隔最高长1小时；另一种是昼夜节律计时，称作昼夜节律钟，可以让某些身体活动出现周期为24小时的起伏变化。下面简单科普一下这两种钟表。

间隔计时器：如果我们对某一事件的持续时长非常熟悉，那么该事件的开始会引起大脑作两个反应，一是让放电频率不同的一组特别的皮层神经元立刻同时放电，二是使黑质中的神经元短暂地释放信号化学物质多巴胺，从而按下间隔计时器的开始按钮。这些事件多是一些日常生活中我们经常遇见和需要作出判断的生活经验，如烧水做饭、等红绿灯、阅读、踢球等，间隔计时器帮助我们更好地调节身体，以达到更加完美的状态。

昼夜节律钟：人类是一种向阳的生物，自古以来遵循日出而作日落而息的生产生活规律，这是我们对生物钟最直观的认识。一天二十四小时，即一昼夜，久而久之，我们的身体就会习惯这光明与黑暗交叠的频率，日夜循环对身体中许多以二十四小时为周期的生理活动起着支配作用。人类对光线的敏感就是受到昼夜节律钟的影响。

间隔计时器负责记录从秒到小时的时间跨度，优点是灵活，可以随意开始和停止计时，属于一种下意识，人在日常生活中根本不会注意到间隔计时，没有人在等红绿灯时会读秒，也没有守门员在对方前锋起脚射门之时进行倒计时。其缺点是精度不够，如果主体注意力不集中或者受到其他情绪和外界干扰，那么计时精度就会差强人意。昼夜节律钟更加稳定，它不会对一些细微的变化作出反应，但能保证大方向和大规律，避免人体跑偏。一旦人体作出过分的事情，如熬夜，昼夜节律钟就会敲响警钟，提醒人们回归更加健康的生活节奏。间隔计时器和昼夜节律钟协同合作，缺一不可，帮助我们把身体调整到最佳状态。

时间无处不在，就像无形的海洋，想要真正看到时间的全貌，必须离开时间之海才能俯瞰。过去、现在和未来都在时间的海洋里面，每个人都是一条只能向前无法后退的船舶，偶尔，我们会遇见风浪，甚至漩涡，迷失方向，但只要按照设定好的航线行驶，循序渐进，终究会到达理想的彼岸。我们身在时间之中，时间也在我们身中，伴随着我们一次次跌倒和成长，慢慢地，你会发现，时间不是我们的对手，也不是绝对的帮手，它有时候会发脾气、捣乱，但只要与之和平相处，时间就会变得温驯。时间是一种会根据被对待的方式进行回馈的伙伴。不管是短暂的一瞬，还是漫长的一生，只要你不离不弃，时间便会始终如一。

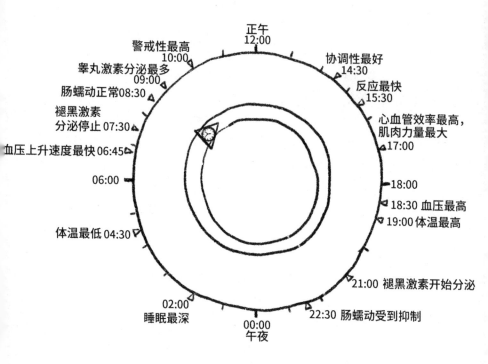

■ 生物钟影响许多生理过程的日常节律。此图描绘了典型的昼夜节律模式。人在清晨起床，在中午吃午饭，在晚上睡觉（晚上10点）。尽管昼夜节律往往与明暗周期同步，但其他因素（例如环境温度、进餐时间、午睡时间表和持续时间、压力和运动）也会影响时间安排

下：空间

六、宇宙诞生记

与时间相比，宇宙的概念似乎更具亲和力，不像时间那样看不到摸不着。宇宙存在了137亿多年，每一个星系、每一团星云、每一颗恒星、你和我，所有能见的物体都是宇宙的一部分，网络上有一段非常写意的描述：我们DNA里的氮元素、牙齿里的钙元素、血液里的铁元素，还有我们吃掉的东西里的碳元素，都是曾经宇宙大爆炸时万千星辰散落后组成的，所以我们每个人都是星尘。这听起来有些抒情，但大致正确。虽然同样难以捉摸，但它不像时间那么玄乎，至少提到宇宙，没有那么多哲学家插嘴。宇宙不是能言善辩就可以充当专家的领域，没有翔实的研究，很难得出拿得出手的理论。

提到宇宙诞生，大多数读者想到的肯定是大爆炸理论（又称为标准宇宙模型）。这是目前对宇宙形成最充分也最成功的解释，是物理学家和学者们公认的标准答案。不过，我们生活在一个充满怀疑的世界里，总有人跳出来唱反调。不是说这样不好，事实上，我们需要这些敢于发表不同意见的人们监督，任何一门科学从无到有，一定经历过无数的非议和考验。

■ 宇宙大爆炸时代的流形呈现。没有按比例绘制，但形状是基本正确的著名物理学家加来道雄曾在他的畅销书《平行宇宙》中详细描写过大爆炸的节点，每个节点称为宇宙的相，他总结梳理了宇宙演变过程中几个主要的里程碑事件：10^{-43}秒前是普朗克时期，在这个时期几乎什么都没有，能量达到10^{20}亿电子伏特，重力和其他量子力一样强。宇宙可能处于一个"虚无"的完美状态，神秘的对称性将四种基本力（万有引力、电磁相互作用力、弱相互作用力、强相互作用力）混合，使其方程保持相同。由于未知的原因，统一四种力的对称性破裂，形成一个小气泡，即胚胎宇宙，其尺寸为普朗克长度，仅为10^{-33}厘米。10^{-43}秒是GUT时期，气泡快速膨胀，四种基本力彼此迅速分开，温度为10^{32}开尔文。10^{-34}秒后膨胀结束，温度降到10^{27}开尔文，宇宙进入滑行式的标准弗里德曼扩充期。3分钟后，核子形成。380 000年，原子诞生，温度降到3 000开尔文。10亿年，温度降到18开尔文，类星体、星系和银河星团开始浓缩。65亿年，德·西特尔膨胀，宇宙开始提速。137亿年，即今天，此刻。

大爆炸形成星系，星系诞生文明。通过复杂的计算机模拟技术，科学家们发现大爆炸遗留下的密度涨落能够演化成第一代恒星。原始气体云通常形成于一个小尺度的网状结构的节点，在自身引力作用下开始坍缩，温度升高，氢原子两两配对，形成微量的氢气分子，与氢原子相互碰撞，释放出红外辐射，形成第一代恒星的团块。

大爆炸与牛顿三定律或者爱因斯坦相对论不同，它不是某个人灵光一闪想出来的结论，而是经过许多先驱者前赴后继的研究，是综合，是包容，也是不断丰富的认识。前文提到弗里德曼扩充期，弗里德曼是俄国理论家，他在1922年意识到爱因斯坦的宇宙是不稳定的，最轻微的扰动也会引起宇宙膨胀或收缩。就在同一时期，洛厄尔天文台的维斯托·M·斯莱弗发现了星系正在相互远离的首个证据，不久后，埃德温·哈勃证明星系远离我们的速度与距离大致成正比。一连串的事件交织、碰撞，为大爆炸理论的成型夯实了基础。有意思的是，第一个使用"大爆炸"这个形象描述的弗雷德·霍伊尔，本意却是讽刺这一理论。什么叫无心插柳柳成荫，这就是了。生命中总是点缀着这些生动又美丽的错误，物理学也一样。

■ 宾利文法学校纪念弗雷德·霍伊尔的匾额（图片来自Mark Hurn）

在爱因斯坦宇宙中，空间与物质的分布是紧密联系的，观测到的星系系统的膨胀反映的是空间本身的展开。大爆炸理论的要点在于空间的平均密度随着宇宙膨胀下降，而物质分布并没有可见的边缘，所以，更准确的描述其实是大膨胀，只是大爆炸这个称谓大"爆炸"了，不仅是科学家们，就连普通人也能在瞬间受到吸引。多年来，人们已经发现许多支持宇宙膨胀的证据，其中最重要的就是红移。星系会发射或吸收某些特定波长的光，如果星系远离，说明退行速度变大，显出红色，即红移。另外一个重要的证据来自对宇宙背景热辐射的研究。宇宙背景辐射有两个特征：一是各向同性，辐射均匀充满于宇宙空间，符合大爆炸的

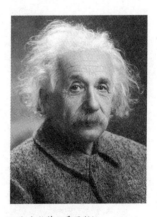

■ 阿尔伯特·爱因斯坦
（Albert Einstein，1879年3月14日—1955年4月18日），物理学家。成功解释了光电效应，因此获得1921年诺贝尔物理学奖，于1905年创立狭义相对论，于1915年创立广义相对论。1999年12月26日，爱因斯坦被美国《时代周刊》评选为"世纪伟人"

预言；二是背景辐射能谱非常接近2.726K黑体谱，证明宇宙是由致密高热的状态膨胀而来。

关于宇宙起源的争论一直都没有停过，其中比较著名的是大反弹理论。

借助量子引力效应，那些拥有着惊人好奇心和叛逆精神的科学家们发明了大反弹理论。大反弹理论首先假设在我们的宇宙诞生之前，已有一个宇宙存在，这个宇宙在引力作用下向内坍缩，使引力转变为排斥力，从而触发一场大反弹，让宇宙在膨胀中重获新生，经过137亿年的调整，发展成今天的样子。这个理论的迷人之处在于，反弹前后的宇宙都遵从广义相对论，我们可以逆着时间令如今的宇宙反演回去，跨越宇宙反弹，推算出反弹前宇宙的状态，而且，反弹前的宇宙是如今我们宇宙的空间镜像，不是左手变右手那么简单，而是左旋变成右旋，所以，不要想着在反弹前的宇宙找到另一个自己，就算真有，也是"面目全非"。

如果不是在课堂上，或者某个客座演讲的提问环节，当众

■ 科学家认为，从大爆炸到坍缩，是一个循环，以此为题材的科幻小说也有许多

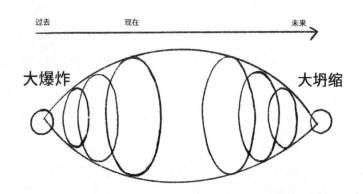

谈论137亿年之前的"宇宙迷案"似乎有些奇怪，会招致旁人的有色目光。我有时也会思考，大爆炸到底对我们的生活有什么影响？就算多年之后被证明大爆炸理论是错误的，这对我们的生活又有什么影响？答案显而易见，那就是没有影响。该上学的依然上学，该坐班的继续坐班，每天还是原有的模样，女朋友不会因此分手，房贷也不会自动清零，该面对的压力和责任还落在双肩，人们仍然负重前行。事实上，不仅是宇宙大爆炸，许多数理化的发现跟我们的日常生活都没有直接关联，还不如明星花边或者肉价上涨更值得关心。科学从来不是博人眼球的东西，不与任何事物争风吃醋，总是静静地待在那里，等待人类去探索、去发现、去理解、去应用。但试想一下，我们今天能够在温度宜人的环境下自由呼吸与生活，是因为137亿年的一次爆炸啊，如果早一秒，或者晚一秒，那么形成的宇宙可能就与今天大相径庭。这种奇妙的缘分，即使跨越137亿年，也会让我们觉得亲切而温暖。

按照宇宙大爆炸理论和目前的观测，宇宙仍然处于膨胀的阶段，那么宇宙到底有没有边界？

七、宇宙有无边界

目前，天文学家可以看到约420亿光年远的地方，这是我们能看到最远的地方，即可见视界。在那之外呢？宇宙到底有没有边界呢？

首先，澄清一个误区，宇宙有无边界跟宇宙大爆炸没有直接关系。人们很容易联想，宇宙既然还在膨胀，自然没有边界；假设宇宙是一个面团，用擀面杖将它擀成烙饼，我们把这个日常的画面比作膨胀，显而易见，面团也好，烙饼也罢，都是有边界的，只不过边界还在扩大，人们无法到达而已。这也符合大部分人对宇宙的认知——宇宙是无限的。随着科学发展，人们的理论知识越来越完善，观测手段越来越先进，逐渐涌现出有限宇宙的声音。这很正常，就在几百年前，人们还认为地球无边无际，天空中的月亮和星星不过是黏在穹顶的装饰，让思乡的人有个具体的意象可以寄托，让诗人们的笔下多了一样佐料，调制出美味的句子。其中一个有趣的观点是盒子宇宙。假设宇宙是一个存在于无限中的盒子，那么无限中的盒子恰恰揭示了看起来无穷无尽的宇宙实际上是有限的。盒子里只有三只圆球，但装在内壁的镜子会反射出无数的镜像，假使宇宙有边界，也没有这么恢宏的镜子，光线绕着宇宙一次又一次地弯曲就会产生多重镜像，达到与镜子反射相同的结果。从镜像重复的模式，可以推断出宇宙的真实大小和形状。注意，只有拥有边界才能确定形状。

说到形状，宇宙是什么形状的呢？

通常，我们假设宇宙是单连通的，如同一张纸，到达我们眼里的光沿着一条路径传播而来。单连通的欧几里得或者双曲宇宙就是无限的，但宇宙也可以是多连通的，像一个圆环，光沿着不同路径传播，正如镜像重复的模式。

宇宙无限其实是从爱因斯坦的广义相对论中得到的结论：根据广义相对论，空间是一个动态的媒介，按照其中物质和能量的分布，空间可以存在三种不同的弯曲方式，通过观测引力效应和图像的几何失真可以进行判断。经过对宇宙中物质和能量的密度的测量，科学家们发现，宇宙密度太低，无法使空间弯曲成球形，因此只能是欧几里得（平直空间）几何形或者双曲几何形。前者像一个平面，后者类似马鞍状，这两种弯曲使宇宙拥有了无

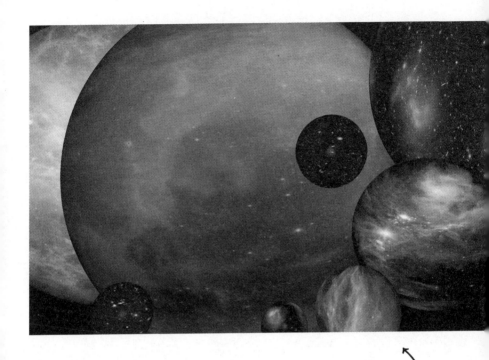

■ 多重宇宙的艺术假想

限延伸的特质,但宇宙也有可能是球形,只是宇宙太大了,我们观测到空间只是其中很小一部分,所有理论只在这个狭窄的空间内适用,就像柏拉图洞穴理论,一个人生来就被关在洞穴里面,脑袋被固定住,只能看到石壁,后面有人点燃火把,把事物的影子投在上面,他就会以为,真实世界的人都是影子。他只能看到这些。其实,这个"就像"还可以更简单,就把那个可怜的人关在洞穴,不要逼着他看影子,他也会以为宇宙就只有洞穴大小,就像爱玛·多诺霍的小说《房间》一样,出生之后连房间没有离开过的小孩,怎么想象宇宙呢?

相对于我们这些习惯被动接收知识的"凡夫俗子",科学家

■艾萨克·牛顿
（1643—1727年）英国皇家学会会长，英国著名的物理学家。主要成就包括提出万有引力定律、牛顿运动定律，与莱布尼茨共同发明微积分，发明反射式望远镜和光的色散原理。他的万有引力定律传入中国后，为康有为、梁启超和谭嗣同等人提供了奥论思想来源

更喜欢开杠。宇宙是无限的？牛顿第一个表示不服。牛顿设计了一个思想实验，两个没有装满水的水桶，第一个水桶是静止的，水面是平的；第二个则快速旋转，在离心力的作用下，水面是凹下去的。问题在于，第二个水桶如何知道自己在旋转？惯性系到底是如何定义物体是旋转还是静止的？如果用宇宙中的所有物质来提供参照系，第一个水桶相对于遥远的星系是静止的，所以表面保持平坦，第二个水桶相对于那些星系是旋转的，所以表面会凹下去，但如果宇宙是无限的，则会导致无穷大的惯性，任何物体都无法运动，巨大的引力就像琥珀一样，把万事万物都凝固了。量子宇宙学初期也有一些观点，描述宇宙如何从虚空中自发产生。根据牛顿等的理论，出现一个小体积宇宙的可能性更高，无限宇宙存在的可能几乎为零。因为无限宇宙的能量是无穷大的，任何量子涨落都达不到这种程度。

亚里士多德也支持宇宙有限论，理由是宇宙必须存在边界来提供绝对参照系。这个理由有些主观，于是反对者很容易就能精准打击：如果宇宙存在边界，边界另一边是什么？德国数学家格奥尔格·F·B黎曼提出了一个超球面的宇宙模型，即四维空间中的三维球面，就像三维空间中普通的二维球面一样。这是第一个没有任何边界的有限空间的例子，为亚里士多德提供了理论支持。1917年，爱因斯坦发表了第一个相对论宇宙模型，当时他选择的正是黎曼的超球面作为宇宙的整体形状。俄罗斯数学家亚历山大·弗里德曼推广了爱因斯坦的模型，认为宇宙是可以膨胀的，并且具有双曲空间结构。令人振奋的是，弗里德曼的双曲模型方程既适用于有限宇宙，也适用于标准的无限宇宙。

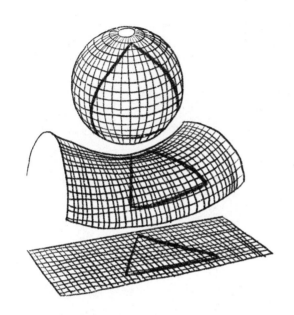

■ 宇宙的三种可能的几何结构图：封闭，开放和平坦状态（从上到下）

现代物理学家和宇宙学家倾向，无论是有限的三维双曲宇宙，还是有限的三维球面宇宙，都存在无限可能的拓扑结构，这些结构能够帮助人们探索宇宙的边界，而且，除了进行理论推测和模型计算，拥有了更为先进的观测手段之后，他们还可以通过证据而非臆想来确定宇宙拓扑结构。检验宇宙拓扑结构最简单的方法就是观察星系的排列，如果星系是以矩形格栅的方式排列，并且同一星系的映像在相应的格点重复出现，就表明宇宙是一个三维环面。其他的排列方式则意味着更加复杂的拓扑结构，但由于同一星系会在不同历史时期产生多个映像，所以很难判断其具体的排列方式。还有一种方法，利用大爆炸遗留下来的宇宙微波背景辐射确定宇宙的拓扑结构。

这是最好的时代——人类对于宇宙探索投入了巨大的精力和

■ 宇宙背景辐射图像（2012年）（图片来自NASA）

财力，许多优秀的科学家为此奉献了青春年华，甚至一生。在他们持续不断的努力下，宇宙这个神秘巨人会慢慢露出真实面目。

八、宇宙的维度

与宇宙的维度有关的科幻小说中比较出名的是《平面国》以及《三体》。二向箔是无数科幻迷心中的神奇武器。我至今记得歌者文明轻松写意的一抛，整个太阳系就二维化了，那么随手、那么艺术。真正的文明级别的侵略都是兵不血刃的，没有你来我往的对抗，而是直接碾压。《三体》中有一处关于维度的描写：四维气泡。气泡经过人的身体，便可以看清人体里的脏腑，这是来自高纬度的俯视。一般来说，生物体很容易想象比其所在的维度更低的世界，比如我们很容易观看二维和一维空间，却很难想象比我们更高的维度，正如蚂蚁很难想象人类。有一种比较流行的说法，我们的宇宙可能只是更高维度空间中的一张膜，类似于三维世界的台球桌面，台球一直在二维的世界运动，但也有飞出桌面的意外，也许我们也会飞出三维的框架，来到更高维的世界之中。这看起来只是一个非常科幻的命题，但是科学家为此进行过不少真枪实弹的研究。还拿前面的台球为例，台球之间的碰撞可以引发台球在球面域以直线或曲线（偶尔会发生）运动，但是撞击产生的声波可以在三维空间传播，就像引力通过某种方式（也可能是撞击）传播大额外维空间。通过精确研究台球的运动轨迹，科学家就可以推算出被声波带走的能量，同理，研究对撞机中粒子碰撞的能量损失，便可以证实额外维度是否存在。

了解维度的关键是引力。在引力方程中，引力的强度和引力可以在多少维空间传播密切相关。在三维空间中，通过研究引力在小于一毫米尺度上的行为，可以了解引力在额外维空间的传播行为。如果存在毫米尺度的额外维度，那么非常有可能产生各种奇异的量子引力产物，譬如微型黑洞、引力子以及振动的弦。对于普通人来说，毫米是一个非常小的尺度，我们大概只在小学时代认识长度的直尺上与毫米产生过短暂的交集，之后就渐行渐远，再也没有重逢的缘分。但对于研究额外维的科

■ 台球桌可以很好地帮助我们理解二维空间

学家，对于粒子物理而言，这是非常大的尺度。说清楚这件事，引力仍然是那道绕不过去的"坎"。如今，前沿的多维理论和弦论都是从引力发展而来。弦论里面，存在十个在数学上自洽的额外维度空间，超弦模型只有在具备了十个维度的空间中才可能存在——这就是膜理论。膜理论是弦理论的一部分。该理论认为，自然界的基本组成部分并不是粒子，而是弦、平面和更高维度的膜。弦理论只有在九维空间中才能成立，而不是我们观察到的三维空间。若将时间也作为一种维度，那就是十维空间。这些额外空间都卷曲在三维空间，卷曲半径非常小，只有在普朗克长度上才能被观测到。普朗克长度是10^{-35}米，而我们目前只能观测到毫米以上尺度的引力。后来的M-理论又把十个维度扩展为十一个维度，形成人们熟悉的数字。

除了从普朗克长度这样微小到几乎连微小本身都不能形容的尺度上探测额外维，我们还可以走向另一个极端，即从宇宙中寻找答案。科学家使用的方法，读者一定不陌生，就是曾经登上过热搜的引力波。引力波是由爱因斯坦于1916年首次提出的，经过整整一个世纪，科学家们在2016年利用LIGO首次探测到引力波，还记得那天是一个被天文物理和爱因斯坦"刷屏"的日子。LIGO这

■ 由亚利桑那大学领导的一组科学家在超级计算机上生成了数百万个不同的宇宙，每个宇宙都遵循不同的物理理论来解释星系的形成方式（图片来自NASA）

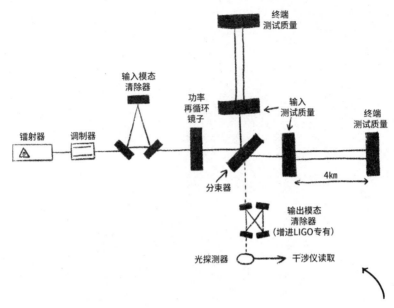

■ 在初始LIGO（不带输出模式清洁器）和增强型LIGO（带输出模式清洁器）期间，简化了4km LIGO干涉仪的光学布局

四个字母人们并不陌生，但谁知道它的全拼？LIGO是Laser Interferometer Gravitational-Wave Observatory首字母的缩写，直译过来就是激光干涉引力波天文台。

我们的宇宙的形成初期，经历过数不胜数的碰撞和融合，引力波就是证据；另外，我们也可以通过引力波揭示出当时的壮观场景。德国马克斯·普朗克重力物理研究所的物理学家古斯塔沃·卢塞恩·戈麦斯说："如果宇宙有其他维度，引力波可以沿着各个维度行走。"戈麦斯和他的同事一起制作了一个数学模型，描述隐藏的维度对引力波的影响，得出结论：在高频下会存在额外的波，引力波会在不同维度上拉伸宇宙的结构。LIGO通过直接探测到引力波，证明了黑洞的存在及其性质。引力波也给我们提供了了解宇宙的另外一个全新维度。在直接观测到引力波

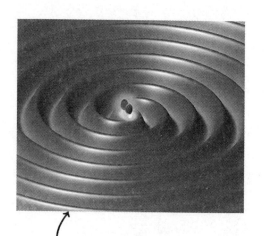

■ 紧凑型二元系统的引力波（图片来自Mooc Summers）

之前，我们对于宇宙都是猜测，或者只闻其人不见其面，又或者只能看见戴着面纱的宇宙，引力波在某种程度上把面纱摘下来，让我们可以一窥宇宙真容。

除了LIGO，美国国家航空航天局（NASA）曾计划于2015年部署更为灵敏的LISA（激光干涉宇宙天线）。LIGO有两个巨型的激光设备，一个位于华盛顿州，另一个设在路易斯安那州，LISA则发射到外太空，距离地球大约3 000万英里[①]的轨道上围绕太阳旋转，形成三边三角形。LISA预期能够探测到90亿光年处传来的引力波，探测到大爆炸本身发出的原始冲击波。据传由于经费吃紧，该计划被搁置。太空中电磁辐射和大气干扰更少，接收到的信号会更为清晰，可以挖掘的信息也就更多，也许能够对额外维的发现作出贡献，而现在，我们也只能试想一下。

科学研究从来都不是纸上谈兵，初期需要那些伟大的灵魂们为我们铺路，但如果要验证他们的想法，需要付出太多时间、精力以及金钱。比如爱因斯坦提出的引力波设想，就是经过一百年几代人的不懈努力才终于找到直接观测的证据。整个过程充满了枯燥与怀疑，但即使是怀疑，也必须拿出实际证据。关于维度，三维也好，四维也好，额外维也罢，说白了都是科学家们根据目前人们观测到的现象作出的理解，以及根据科学理论推测出来的

---

① 1英里=1609.344米。

想象，也需要后世人用时间、精力以及金钱去验证。不知道这一天什么时候能到来，但我相信，这一天一定会到来，因为人类文明始终保持着求知、向上的决心！

如果存在那么多维度，那么在不同的维度上是不是有不同的宇宙呢？

九、多元宇宙

小心了，我们的世界只是众多平行宇宙中的一层，每一层都有一模一样的我们，只是性格和命运不同，有的我们可能只是工薪阶层，有的我们则腰缠万贯，有的我们是正义凛然的警察，有的我们则是警察追缉的罪犯。有这样一个十恶不赦的家伙，他正在穿越不同的宇宙谋杀自己，因为他坚信每杀死一个自己，就会获得他们的能力——万幸，这只是电影《宇宙追缉令》的情节。这部由李连杰主演的电影，向我们展示了多元宇宙的画面，当然，电影不是纪录片，集中表现的是精心布置的场景和让人眼花缭乱的打斗设计。我们可以在那一个多小时中沉浸于主人公与邪恶一方斗争的故事，既不用考虑任何科学道理，也不用去想这样做到底符不符合相对论，那么干是不是违反了物理规律。如果细究，那么多元宇宙本身就是一个禁不起推敲的设定，因为没有人能够信誓旦旦地证明，大都是摸索、试探和假设。就连这个概念本身，也有几个说法，如多元宇宙、多重宇宙、平行宇宙等。在这篇文章里，我们选取多元宇宙的说法。

事实上，绝大多数多元宇宙的支持者都是很严谨的科学家，并非不学无术的江湖骗子。之所以使用"江湖骗子"这种贬义的

■ 这是想象中的多元宇宙的入口（图片来自Jürgen Cordt）

称谓，是因为有些人只是借助多元宇宙这个看似非常诱人的包装一味博取人们的眼球，却没有付出研究和观察，甚至可能连两篇科普文章都没有读过，就像前不久考验智商的"量子速度"。多元宇宙虽然没有那么高光的时刻，却一直是经久不衰的热门话题。关于多元宇宙的争论从来没有停息。有些人高举讨伐大旗，拒绝承认多元宇宙，即使那些认同者，也在为多元宇宙的不同模型站队，没有一个绝对而完美的观点可以把争论者统一。

关于多元宇宙的理论模型有以下几个：艾伦·古斯、安德烈·林德等人提出混沌暴胀模型；保罗·J·斯坦哈特、尼尔·图罗克提出循环宇宙模型；戴维·多伊奇提出，其他宇宙和我们现在这个宇宙可能存在于同一空间中，但具有不同的量子波函数；蒂格马克和丹尼斯·西阿玛则认为，其他宇宙与我们的时空根本脱节。在这些让人眼花缭乱的观点中，混沌暴胀模型最受欢迎。该理论认为，大尺度上的空间会永远膨胀，其中的量子效应会不断产生新的宇宙，就像小孩吹泡泡一样；而弦理论则允许宇宙泡拥有不同的特性，每个宇宙都始于随机的物质分布和随机的物质类型。

如果存在多元宇宙，可想而知，它一定是在我们的宇宙之外，目前天文学家能够观测到最远的宇宙边约为420亿光年，代表着大爆炸以来光所能走的最远距离，也可以认为自大爆炸时起到现在137亿年宇宙膨胀的大小。由于红移现象仍然存在，因此宇宙还在膨胀之中。假如我们来到宇宙的视界之外，会看见什么？虚无还是另一重宇宙？科学家们对此进行了推测。第1层多元宇宙，即最直接的假设，我们所属的空间只是整体的一个代表样本，除了物质分布的随机变化，其他地方基本相同，这些可见与不可见区域一起构成了多元宇宙的一个基本类型；第2层多元宇宙，即我们的宇宙是悬浮于另外一个真空背景里许多"泡泡"中的一个，在泡泡与泡泡之间，物理定律存在差异，无法观测。这就是另一个类型的多元宇宙。前者的认可度更高。

还有一种非常直观，但是略显粗糙的理论。莎士比亚把世界比作一个舞台，人们都是生活在上面的演员。我们设想一个超级的尺度，宇宙就像盘子一样是个平面，多元宇宙就是一层层平面叠加在一起。广义相对论允许每层舞台有地板门的存在，从这个地板门跳进去，就来到另外一个宇宙。我们生活在自己的舞台，察觉不到其他舞台的存在，除非我们从地板门掉入下一层宇宙，或者上一层的"演员"掉入我们的宇宙。不同舞台存在不同的剧本，掉入的瞬间，我们的角色也会发生转换。这个观点比较容易理解，但问题在于，我们无法观测到那个"超级的尺度"。

假使我们承认多元宇宙的存在，那么如何才能进入多元宇宙呢？如何找到那扇地板门，拉开门环，纵身一跃？

经常读科幻小说的人对虫洞这个概念都不会陌生，一些说法认为，虫洞就是连接不同宇宙的通道。我们很难追踪最早把虫洞嫁接到科幻小说的作家，但幸运的是，我们能够发现最早把虫洞理论引入物理世界的科学家，那就是大名鼎鼎的爱因斯坦和不那么大名鼎鼎的内森·罗森，后者正是前者的学生，这是他们师生二人在研究引力场方程时作的假设。虫洞的另一个说法就是爱因斯坦-罗森桥。简单地说，爱因斯坦-罗森桥就是连接宇宙遥远区域的时空细管。暗物质维持着虫洞出口的敞开。爱因斯坦-罗森桥把多元宇宙和婴儿宇宙连接起来，充当两个宇宙之间的桥梁，并提供时间旅行的可能性。另外，虫洞也可能是连接黑洞和白洞的时空隧道，所以也称为灰道。爱因斯坦-罗森桥大部分时候出现在科幻小说中，为时间穿越提供理论支持。

关于多元宇宙还有另外一种更加科幻的说法。我们先来看一个科幻故事：在并不遥远的未来，一家技术超前的科技公司建立了虚拟世界"幻世-3"，通过收集虚拟世界中的民意数据，为商业公司提供发展咨询和营销策略。"幻世-3"项目的核心成员却发现，随着程序运行，身边出现许多怪事，先是技术主管神秘死亡、同事失踪；接着"幻世-3"里的

■ 爱因斯坦-罗森桥概念图。内部线路：穿过虫洞的短路；外部线路：穿过正常空间的长路

虚拟角色闯进了现实世界；最后，他发现，自己所处的现实世界，也不过是另外一个虚拟世界。这可不是《黑客帝国》，而是《十三层空间》的梗概，前者正是受到后者影响的产物。这个故事现在看非常老套，但是在它成文的1964年可谓十分超前。把我们的宇宙看作一个超级程序，然后存在许多类似的超级程序，如此构成了多元宇宙。

有些人觉得研究多元宇宙纯粹就是浪费时间和资源，我们对于自己的宇宙都远远没有搞清楚，为什么要去寻找那些莫须有的存在？我想引用NASA回复一位修女的信件表达的观点。修女在信中质问："为何在地球上仍有很多儿童面临饿死的威胁之时，投入数十亿美元实施火星探索计划？"NASA认真分析了这个问题，最后的结论是太空探索的终极目标是建设更完美的人类家园，在探索过程中获得的所有科学知识以及所研发的所有新技术都将用于改善人类的生活质量。另外，对外太空的探索也是一种趋势，这不仅能让我们了解宇宙，了解我们自己，更能够让我们获得更好的生活品质。

十、宇宙的终结

波尔·安德森的经典之作《宇宙过河卒》，讲述了一艘失去控制不断加速的飞船，因为钟慢效应，飞船中的时间过得非常慢，非常非常慢，以至于他们来到本宇宙的尽头，并且见证了新宇宙的诞生。道格拉斯·亚当斯以《银河系漫游指南》闻名，那句"Don't panic"以及毛巾和42成为许多科幻迷津津乐道的梗和辨别同好的试金石。他的同系列小说《宇宙重点的餐馆》描写了5 760亿年后，人们看到了一个天体正在暗去的宇宙，空间加速膨胀,把每一样东西都推到我们的视线之外,只剩下一个空空荡荡的夜空。一如拜伦在他的长诗《黑暗》中写下的那句名言:"明亮的太阳熄灭,而星星则在暗淡的永恒虚空中流离失所。"以上这些都不是危言耸听,只能说有这个可能,而且随着时间流逝,这个可能性会越来越大。

世界末日从来都是电影从业者的心头爱,不过这里的"世界"一般限制在地球,或者是被彗星撞击,或者是被外星人侵略,再或者就是遭受电影《2012》所描绘的自然灾害,人们似乎从没想过整个宇宙也难逃毁灭的厄运。

当前的宇宙是最适合生命发展的,在目前观测到的宇宙范围,大约有1万亿亿颗与太阳类似的恒星,大爆炸理论认为,生命只能存在于宇宙的某一阶段,曾经太热,往后又太贫瘠,差不多300亿年后,星系将变得暗淡,遍布死亡或者垂死的恒星,与拜伦长诗中描述的场景如出一辙。事实上,用不了那么久,我们的太阳再有50亿年的跋涉,就会膨胀为一颗红巨星,随着外层物质消散,太阳的核心会成为一颗白矮星。恒星的寿命与质量成反比,质量较大的恒星十分明亮,但会很快耗尽燃料,在几百万年后爆炸;而质量比太阳更小的恒星则可以存活数千亿年甚至更久。这就像富有的家庭由于毫不节制地挥霍走向穷途末路,小本经营的中等家庭却能精打细算,细水长流。

科学家把宇宙分为五个阶段,分别是原始时期——宇宙经历快速膨胀之后快速冷却;群星遍布时期——我们目前生活的时期,氢气被压缩,恒星点燃,照亮苍穹;退化时期——恒星的能量最终耗尽,只剩矮星、中子星和黑洞,星星不再闪耀;黑洞时期——唯一的能源就是从黑洞缓慢蒸发的能量;黑暗时期——所有热源都将耗尽，宇宙缓慢地向终极的热寂漂移，温度降至绝对零度，宇宙成为一个巨大的修罗场，所有的生命灰飞烟灭，只剩下一片飘荡着质子的海洋，以及稀薄的互相微弱作用的粒子汤。

宇宙还在膨胀，也有可能永远膨胀，所有的星系最终将变得又暗又冷，失去活力，也失去供养生命的能力，科学家将此称为大降温或者大冻结，也就是人们常说的热寂。还有一种可能，如果宇宙的质量足够大，万有引力可以逆转膨胀，所有物质和能量都坍缩回奇点，科学家称之为大挤压。这还不够，宇宙还有第三种死亡方式可以选择，其中的暗能量将导致宇宙膨胀加速，越来越快，造成无法控制的大撕裂。

接下来，逐一了解这三种死亡方式。

大冻结：宇宙中所有恒星都将耗尽能源，成群结队赴死，剩下的只是致密的恒星尸体，如白矮星、中子星等。质量最大的恒星死去之后变成黑洞。霍金认为，黑洞会产生"霍金辐射"。这种辐射会消耗一部分黑洞质量，导致黑洞缓慢地"蒸发"，最终，所有黑洞都将蒸发殆尽。

大挤压：恒星和星系之间的引力作用有朝一日将开始拉拽整个宇宙，使其开始收缩。整个过程有点像宇宙大爆炸的逆向过程，这一过程中星系群之间将逐渐相互靠近并最终合并，恒星和行星相互碰撞、融合，最终整个宇宙和其中的一切都将回归到一个体积无限小、密度无限大的点上，类似大爆炸时的奇点。

大撕裂：暗能量会抵抗重力，让宇宙加速膨胀，在暗能量的作用下，宇宙将加速膨胀，直到星系变得极为遥远，以至于它们发出的光线再也无法抵达我们的世界。随着加速的进行，越来越近的天体开始接连远去，整个宇宙将被暗能量撕开。

关于宇宙终结的方式众说纷纭，不过，从WMAP卫星得到

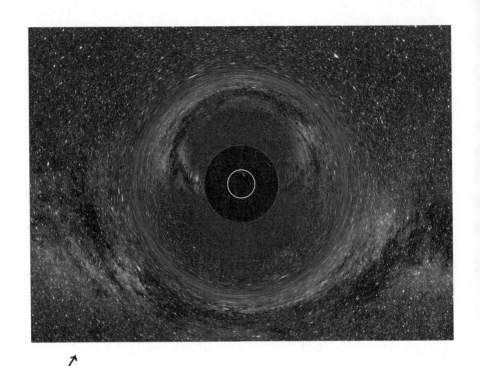

■ 黑洞或许是宇宙末日最后的存在

的数据倾向于大冻结。

　　天下没有不散的筵席,宇宙也不例外。所有美好的相遇终究要以分别告终,这从来都不是一件值得过分渲染、过分悲伤的事情。至于未来到底会发生什么,宇宙会以哪种方式结束都是未知数。甚至,宇宙可能没有终结,会一直膨胀下去,或者到达某种静态平衡,并且永无止境地维持下去。一切皆有可能。研究宇宙的乐趣就在于这些美妙的可能性,就像在一家巨大无比的图书馆中,漫无目的地在各个书架间徜徉,随意抽出一本书,被里面的故事吸引,与主人公同甘共苦,享受一段短暂又跌宕起伏的人生之旅。不一定非要收获什么,仅情感的波动就足以让人欣慰。对于我们来说，最重要的是始终保持一颗仰望宇宙的好奇心，不断追逐。我们了解得越多，宇宙反哺我们也就越多。宇宙不仅孕育了恒星，还留下许多等待我们去发现的秘密，等着人们一点一点揭开，一点一点倾听。宇宙或许有终结，但是人们对宇宙的探索永不止步。

结语

在文章的最后，我们来聊一点与科学无关的东西：你怎么看待时空？

时空是一个永远都说不完的美妙话题，看似跟我们的生活没有什么实际联系，不会影响我们的工资收入，也不会让我们在踢球时有如神助，甚至不如一本笑话集更加实在，可以让我们在阅读时放松心情。提到时空，它带给人们的更多是一种仰望和想象，像天边一朵云，看得见、摸不着，越是深入了解，越让人惆怅。大部分人都被裹挟在忙忙碌碌的工作之中，难得空闲，时空对于他们来说就只是工作地点与家庭住址间的两点一线，他们根本没有时间好好对待它。所谓时空，也只不过是一个与物理和天文有关的遥远的概念。我们选择了这样的生活，就要为这样的生活负责，认真努力绝对没错，但我相信，不管多么忙碌，也一定有闲暇的时间。对于时空的认知，就是让我们在这样难得闲暇的时刻感到自己没有跟宇宙脱节，时空让我们看到人类个体的微小，甚至还有些羸弱和无助，渺沧海之一粟，但反过来想一想，在这样无穷无尽、无边无际的时空中，每个人都有自己的运行轨迹——与心爱的人儿相遇，与幸福的瞬间撞个满怀，那些芜杂又混乱的烦恼也会被广袤的时空稀释了。在这样的时空之中，没有什么是永恒的，不必过分拘泥，也无须一直向前，停下来感受一下我们身边的时空吧，它就像一个久违的老朋友，等着你偶尔造访，聊两句，喝一杯，不用倾注过多情感与精力，它不会成为任何羁绊，只是让连日操劳的你有一个休憩的心灵驿站。

　　古往今来，许多文人墨客都在试图厘清人与时空的关系，他们不像科学家那么严谨小心地证明，而是用浅显易懂或者高深莫测的诗的语言描述，譬如《孔子》中有："子在川上曰，逝者如斯夫"，把时间比作一去不回的流水。时空就像一首诗歌，你可能只是无意间翻阅到，潦草读了两行便扔到一边，也有可能你会被这首诗吸引，感受到它的美与爱，最重要的是，保持好奇心，你会在蓦然回首时发现，时空一直陪伴在你身旁，不悲不喜，不增不减。

微小说·海洋

●阿西博士 / 文

广袤的星空深处,有一个不起眼的星系。它的中心,是一颗孤零零的恒星,而外围,环绕着两颗轨道平面近乎垂直的行星。如果硬要说有什么特别的,那么便是,两颗行星之中,永远有一颗生机盎然;而另外一颗则死气沉沉,恐怕,比地狱还要糟糕。

α 星智纪元 5000 年

夜深了,整个世界静悄悄的,只偶尔从海空之上传来风拍打海水,溅起层层浪花的声音。

海的深处,随处可见各种沉睡着的鱼人,他们或由触手固定着,躺卧在珊瑚丛之间,或蜷缩着挤在狭小的洞穴里,更有甚者,干脆随波逐流,肆意徜徉在水的世界中。

在这个被海洋覆盖了99%面积的星球上,在这个静谧的夜里,一切都和千百万年来的每一晚一样,是那么平静、祥和。

然而,如此深夜,还是有一个人未能入睡——此刻,阿西博士正兴奋而焦急地在气泡天文室里摇着尾鳍,四只触手撑地,来回踱着步。他头戴硕大的头盔。随着呼吸,头盔里面的水咕噜噜地响着,通过一条导线穿出气泡内壁,与外界的海水不断地进行循环。阿西博士的呼吸越来越急促，他死死地盯着冲印设备的输出口，焦急地等待着天文望远镜拍摄的第一批照片出炉。

这个气泡天文室，尤其是眼前这架搭建在礁石之上、长长伸出水平面的望远镜，是阿西博士最得意之作。他是宫廷御用的天文学家，很久很久以前，生长在水下的鱼人便已经发现，在海空的上方还有更加广阔的地方，他们将其称为天空，而在天空的尽头之外，似乎还有无尽的空间。在那里，有一颗日星，为鱼人的世界源源不断地提供光明和能量，而夜里，更有数不清的闪烁的光芒穿过水面，在鱼人的眼中投映出一副璀璨的星图。那其中最大最亮的一颗，鱼人们将它唤为 β 星。

经过千百年的观察，鱼人们认识到，自己所在的行星和 β 星是在近乎相互垂直的交叉轨道平面上一同围绕着日星进行旋转，自然而然地，历史上的天文学家对这颗兄弟行星投入了极大的关注，他们曾利用望远镜在水中对 β 星进行观测，但是海水自身以及折射效应等因素的影响，使镜头的另一端总是只能观测到一些模糊的影像，然而，即使只有这些不甚清晰的证据，鱼人们还是不难得出结论：β 星只是一个被荒芜的陆地所覆盖的星球，没有任何生命存在，就连生命存活的基础都无从谈起，鱼人们甚至还为它取了一个更加贴切的名字——死星。

可是，对于前人的成果，阿西博士却不甚满意，他一直在探寻新的方法，想要揭开头顶的这层迷雾，用他的话来讲，便是要"还原星星们最真实的面目"。但无数的实验、失败、再实验、再失败，让阿西博士仿佛陷入了一个死循环。直到不久之前，苦无头绪的他在海里漫无目的地漂游，一不留神撞到了一块靠近陆地的石礁上。阿西博士疼得难以忍受，可正当他摸着伤口嗷嗷大叫的时候，突然，他又拍打着触手，围着石礁，又笑又跳起来，简直像是发疯了一样。

翌日，阿西博士就将自己原有的气泡天文室迁移到了石礁边上，随后，他在靠着石礁的地方搭建起一个平台，而那台巨大的天文望远镜，一端与天文室相连，另一端恰好固定在平台上，穿出水面，直指万丈星空。如此，阿西博士终于摆脱了水面的束缚，揭开了这层困扰了鱼人多年的面纱。

这会儿，阿西博士正靠在望远镜所连接的打印设备边上。他的手中颤颤巍巍地攥着几张植物纤维合成材质的巨大照片，其上打印的正是望远镜所拍摄的第一批 β 星高清图像。阿西博士如痴如醉地翻看着手上毫厘可辨的照片。果然，正如前人所言，β 星上沙石漫天，寸草不生，就是一个沙漠星球，宛如炼狱一般。

突然，阿西博士的目光停留在其中一张照片上，那是 β 星一处局部的放大图，照片中的沙地上似乎有着一道道熟悉的规律波纹，其间的岩石光滑如镜，而砂砾之中，还有一些碗口大小的物体，仔细端详之下，竟像是贝壳的模样……

α 星智纪元 5001 年

广阔的海平面依旧一眼望不到边，却早已物是人非，再也不见鱼人们驾驭着剑虎鲨在浪尖翻腾跳跃，而成片成片面朝日星吸收阳光的养殖作物也早就销声匿迹，曾经充满了无限生机的表层海域，此刻只有灼热的海水翻滚着，还冒着氤氲的热气……

在过去短短的十天时间里，日星发生了剧烈的变化，它辐射的能量大大增加，竟使 α 星整个星球的海域温度不断攀升，海水大量蒸发，甚至导致海平面也逐日下降。

刚开始，鱼人们以为这只是气候的短暂反常，谁想，随着时间的推移，情况不但没有好转，反而愈加恶化。养殖场里，大批被圈养的鱼类、藻类等海洋生物相继死亡，各种海底工厂也被迫停业。最终，连为整个鱼人世界提供能源的叶绿素光合厂和太阳能转化站也由于原料的过载而崩溃。无奈之下，鱼人们只得放弃这片世代居住的富饶的表层水域，举族向海底深处迁徙。

浩浩荡荡的鱼人队伍陆续向下撤离，不几日的功夫，近海空数百米的范围内已是一片狼藉，再没有了往日的喧嚣。

这天夜里，鱼人护卫队队长顶着灼热的海浪，在水中艰难地游动着，他受命于鱼人国王，要到气泡天文室中最后一次动员阿西博士离开。

"噗噗噗……"护卫队队长拍打着气泡室的外壁，只见那墙体随着他的拍击，略微凹陷，又很快复原。

室内，正专心致志趴在桌子上写写画画的阿西博士感觉到了外界的轻微震动。他抬起头，看到了门外的来客，不禁眉头微微一皱，但他并没有停下手中的笔，只是挥动着另外一只触角，示意队长进入。

在鱼人世界中，气泡室早已被广泛运用于各种需要与海水隔绝的领域，队长自然深谙其道，他熟练地用触角支撑着，踏入气泡室的隔离门，只见大门迅速关闭，随着一阵压缩机的轰隆声，隔离舱内的海水被迅速抽干。与此同时，一套头盔从头顶落下，刚好罩在了队长头上，随即，内壁的大门缓缓向他敞开。

"阿……"护卫队长刚要张口，却见阿西博士抬起一只触手，朝着他晃了晃。

"请再给我十分钟。"阿西博士说道。他手中的笔，正在桌面一大块平展的石碑上飞快地舞动着。

半晌，阿西博士隔着头盔"咕噜噜"重重呼出一口气，他放下笔，长久地注视着眼前的石碑，凝重的眼神里带着一点欣慰。

突然，他像意识到了什么，赶忙站起身来，对队长欠了欠身，抱歉地说："不好意思，让你久等了。"

"阿西博士，我是奉国王之命，前来……"

"我已经说过很多次了，我不会离开的。"阿西博士缓缓走到天文望远镜旁，抚摸着白天由于日星的暴晒还有些发烫的镜身，接着说道："实际上，你们也没有必要撤离，所有的一切都会归于寂灭，再怎么逃，都只是徒劳。"

"您为什么这么固执呢？我的家人已经撤离到海底1 000米以下的地方，那里环境要凉爽得多，尽管水压大些，食物也没有这里这么丰富，但这是权宜之计，只要躲过这段时间，我们就可以再次回到我们的家园。"队长有些生气地说道。

"只可惜我们已经等不了那么久了，在这场灾难结束之前，我们的星球就将变成一片无尽的荒漠。"

"您……您这是在瞎说什么？我们的星球可是海洋的世界。"

"你看看，这是哪里？"阿西博士将桌子上的一沓照片递到队长手中。

队长仔细地端详着，良久，才有些迟疑地说道："这些沙地上的波纹显然是海水冲刷的痕迹，岩石表面如此光滑，肯定也绝非来自陆地，而是海水长期打磨的结果，这张照片上，可以看到许多贝壳，还有这张，难……难道不是一具鱼人的尸骸吗？这些照片，很明显是来自我们星球上的某个地方，可……可为什么画面里全是荒漠，连一滴海水都见不到呢？"

"很遗憾，队长，这些，都是我通过天文望远镜从β星上拍摄到的照片。"

"这，这不可能！很早以前，我们就已经知道，β星是一颗荒漠死星，它根本不可能会有照片上的这些东西，而且，我们鱼人世代没有离开过海洋，更别提会游到 β 星上去了。"队长使劲地摇晃着脑袋，几乎忘了头上戴着的头盔，等意识过来，他才赶紧把头盔扶正，瞪大了眼睛，直勾勾地盯着阿西博士。

"没错，β 星现在是一片沙漠，但这并不代表它一直都是，而在不久的将来，它也将再次变回一个海洋的世界。"阿西博士说道，声音里透着一股淡淡的哀伤。

"你过来，我给你看些东西。"阿西博士挥了挥触手，指着跟前的望远镜。

队长此时已听得有些云里雾里，他将信将疑地走上前去，顺着阿西博士的手势将眼睛挨近目镜。

出于意料的是，镜头对准的并非 β 星，初时，队长只看到一片黝黯的天幕，等逐渐适应了黑色的背景，他不由惊出了一身冷汗，只见镜头的中央，在 α 星和 β 星之间，居然出现了一条巨大的、迷蒙的光带，那光带足有数千公里长，细看之下，光带之内似乎有无数跳跃着的小精灵，自 α 星向 β 星的方向缓缓移动。

"这……这是？"队长放下镜头，惊恐地望着阿西博士。

"你所看到的光带，其实是从 α 星蒸发后被 β 星所吸引的水蒸气。"

"这简直是不可思议。"队长不由得后撤一步，像是受到了什么惊吓，连手中的照片也洒落一地。

"早在一年以前，我就已经通过望远镜发现了 β 星上的这些海洋痕迹以及类鱼人的尸骸，虽然他们的体征和我们有着一定的差别，但两者显然同源，究竟是什么样的灾难让这个星球从曾经的海洋变成了荒漠，而我们之间又存在着什么样的关联呢？这些问题一直让我百思不得其解，直到几个月前，我无意间观察到了日星的能量波动，所有真相才逐渐浮出水面。"

"您究竟发现了些什么？"

"大概在三个月前，出于对三星连线这一天文奇观的兴趣，我加大了对日星的观测。三星连线，你听说过吗？"

"听说过。"队长点了点头，"据说到了那个时候，日星、α星和β星会连成一线。"

"没错，这可算得上是天文上千年一遇的奇观，而这一次，β星正好处于中间，日星和α星则分居两侧。可在对日星的观测中，我无意间发现，日星黑子出现了极其剧烈的波动，这种波动，纵观我的整个研究生涯，都从未遇过，我翻阅了无数的史料，也只在上古的神话中出现过类似的记载。据我推测，这在整个星球的历史上，都可算得上是万年一遇的大劫，而这两个事情的同时出现，让我有了非常不好的预感。"

阿西博士顿了顿，接着说道："果然，日星的活动日益剧烈，即使在我们星球上，肉眼都能分辨得出日星所喷射出的巨大耀斑，随之而来，日星的辐射能量急剧增强，α星的温度也不断升高，海水大量蒸发。更可怕的是，由于我们的行星质量太小，加上三星连线的日期逐渐临近，我们不但无法将这些水蒸气留住，相反，在日星和β星双重引力的作用下，水蒸气正不断朝着β星的方向逃逸，你刚才所看到的光带，正是如此，而这……就像来自两个行星之间的一场巨大潮汐。"

语罢，两人沉默良久，在这温热的气泡室中，时间仿佛凝固了一般。

许久，队长终于开口："再也没有挽救的余地了吗？"

"据我的观察，日星目前尚处于这次活动的前中期，而三星连线也还没有正式形成，接下来的时间里，海洋升温和蒸发的趋势只会愈演愈烈,当这场浩劫结束的时候,我们的星球早已变成一片荒漠。"

"难道我们的世界,整个鱼人文明,注定就此毁灭?"

"虽然我们都难逃一死,但,我们的种子还将延续。"

队长哀伤的眼神中终于出现了一丝希望:"您的意思是?"

"这就像是一次次的轮回,三星连星和日星大运动同时出现的概率大概亿万年才有一次,也就是说,海洋就像潮起潮落一般,每隔亿万年便会在两个行星之间迁徙,而构成生命的物质,同样会随着海水在这两个星球上反复孕育、发展新的文明,也许迄今为止,从来没有一个文明能发展到足够高的水平,足以窥视并改变这种轮回的命运。"阿西博士顿了一下,用触手轻抚着桌子上的那块石碑,"我当然也无法扭转我们整个文明的命运,但在最后的这段时间里,我已经将我所了解的一切,记录在了这块石碑上,希望有朝一日,下一个文明能发现这命运的秘密,并最终开启新文明的征途。"

夜更深了,海水的温度似乎也更高了,阿西博士和队长齐齐仰起了头,水面之上,那道若隐若现的天河正横跨天际,幽游飘荡。

β星天纪元1年

"你们快过来看!"一个声音惊喜地叫道,"那颗沙漠行星上,分明有海洋的痕迹!"

"还有那里,那块石碑上,好像……好像刻着一种什么奇怪的花纹……"

微科普·海的迁徙

● 王元 / 文

《海洋》是一篇妙趣横生的小说，讲述的是一个拥有两颗行星的系统在运转过程中，附着其上的文明的生灭。其中一颗行星几乎完全被海洋覆盖，另外一颗则荒芜、干涸。作者设想了一种诞生于海洋的文明——这符合我们的固有认知，海洋孕育生命，人类的祖先也是从海中走出来，准确地说，爬出来的——这种文明的载体叫作鱼人。鱼人中的科学家阿西博士常年对海面之上的天空进行观测，包括恒星以及唯一的兄弟行星。作者设计的细节非常真实，鱼人生活在海底，观望星系时会受到海水折射的影响，阿西博士便把观测站搬到礁石之上；鱼人属于水生生物，作者便独具匠心地制造了气泡实验室。翔实的细节让这个遥远而陌生的文明显得真实可爱，为读者平添不少阅读乐趣。类似的细节还有很多，比如，两颗行星"在近乎相互垂直的交叉轨道平面上一同围绕着日星进行旋转""三星连线这一天文奇观""就像来自两

■ 光的折射现象：从一杯苏打水伸出的吸管像折了一样（图片来自Bcrowell）

个行星之间的一场巨大潮汐",我们正好可以以细节为突破口,窥探蛰伏在文章里的天地。

行星系统

行星系统是指围绕某恒星公转的各类天体集合,包括行星、卫星、小行星、流星体、彗星和宇宙尘埃。就太阳系来说,它包括太阳和它的行星系统。一般来说,行星系统包含的行星不止两颗,但宇宙浩瀚,一切皆有可能。在我们的近邻白羊座,就有类似的行星系统:两颗类地行星围绕一颗红矮星(一种体积较小的恒星,通常质量不会超过太阳的一半)运转,且位于宜居带,地表可能存在液态水。

在《海洋》这篇微小说中,作者不仅设定了两颗行星,秉着认真负责的态度,还对它们的运行轨道也进行了详细阐述:近乎相互垂直的交叉轨道平面。这是什么概念?我们可以做一个好玩的小实验。现在,握住双手,把它们想象成两颗行星,左拳是 α 星,右拳是 β 星,在胸口一拃长的位置悬着一颗恒星,左拳在胸前画圆,从腹部出发,向上经过胸口、头部,逐渐远离身体,绕回,右拳在胸口画圆,切割左拳形成的平面。这个动作像老顽童的左右互搏术,有一定难度,但很好玩。现在,我们就看到了作者描述的行星系统。是不是运行得不太顺遂,很别扭吧?事实上,这种轨迹并不常见。以我们熟悉的太阳系为例,八大行星运行于差不多同一平面的近圆轨道。要想搞清楚行星的运行轨迹,还要追本溯源,来到行星系统形成之初,就像我们通常认为海洋孕育生命,气体分子云则孕育星系。

当一团分子云质量足够大,温度足够低时,受引力束缚,会在自身重力的拉拽下收缩,形成极不对称的星云。气体密度最大的地方一跃成为恒星,万有引力则会牵引大部分物质向其靠拢,在恒星周围形成原行星盘。在角动量的作用下,整个圆盘中的物质大都沿着相同的方向运行。随着时间的推移,圆盘达到稳定的体积和厚度,引力便在圆盘中抟出行星。物质在向内收缩的过程中,始终围绕中心旋转,因此都在同一平面上运行,彼此之间最多只有几度偏离。那么,两颗行星在近乎相互垂直的交叉轨道平面上运行的可能性是否存在?答案并不确定。我们对宇宙的探索非常有限,即使大自然的鬼斧神工没有塑造出这样的行星系统,

■ 这是2011年5月1日上午,日出前约一小时拍摄的一张照片。天空中的四个行星分别是水星、金星、火星和木星,它们与月亮合在一起,创造了这种奇景(图片来自G.Hüdepohl)

也不能排除人为调整的可能性。例如，卫星A从北半球向东北方向发射，转向东南，恰好有另一颗卫星B在南半球向东南方向发射，令其轨道经过南极圈附近，转向东北，两颗卫星的轨道平面就有可能相互垂直。还有一种可能，恰如文章设定，该恒星只俘获了两颗行星，如果它们分别位于行星轨道半径的最大值和最小值，理论上也有可能相互垂直。只是这种系统太不稳定，很难长时间共存。我想，作者选择这样不常见的运行方式，大概是为后面的"三星连线"作铺垫。

行星连珠

行星连线，或者说行星连珠，是一种常见又不常见的天文现象：常见是指我们早已洞悉其中的规律，科普杂志常常提及这个概念，古代也有不少文献记载过这种特殊景观，就连科幻电影或者武侠小说也把行星连珠当成某种机遇或浩劫；不常见是指两次连珠的间隔很久，不常见到。太阳系内最近一次行星连珠发生在2000年5月。除天王星和海王星外，其余七大行星——水星、金星、地球、火星、木星、土星、冥王星（彼时，冥王星还有名分，2006年于布拉格举行的国际天文联会中，冥王星被划为矮行星）排列在一定方向上，但并不是像糖葫芦那样串成一条直线。

与其说行星连珠是一种天文现象，倒不如说它是网红产品。许多心理学、星相学爱好者，把行星连珠解读出各种启示，让这个遥不可及的天文现象在人世间承担了过多责任。通常来说，行星连珠意味着灾难，什么地球爆炸，什么文明覆灭，最不济也是武林大乱。事实上，行星连珠对地球不会造成太大影响，唯一可

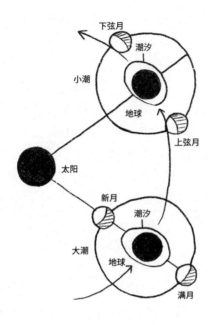

■ 太阳、月球对地球潮汐成因的影响

能引起的变化是潮汐。众所周知,由于月球和太阳的起潮力,地球表面海洋会出现潮汐现象;起潮力的大小与天体质量成正比,与距离的立方成反比。行星连珠时,来自行星的起潮力与月球和太阳作用于地球的起潮力相比微不足道,但对于文章所设定的只有两颗行星,又拥有相互垂直的运行轨道的行星系统,情况也许有所不同。作者正是通过这种方式,形成贯通两颗行星的海洋迁徙。这个设定非常美妙,让人过目难忘。

生命大迁徙

写作是上山,解读是下山。作者找到一个个阶梯,拾级而上,来到山顶;读者则站在山顶,顺着作者开凿好的路线,安全降落。有了前面两个科学理论的铺垫,作者在结尾进行了主题升华。

由于恒星喷射出巨大的耀斑,辐射增加,因此行星温度升高,大量海水蒸发,加上"三星连线"助力,水蒸气朝兄弟行星逃逸,形成"来自两个行星之间的一场巨大潮汐"。这是一幅美丽而壮观的画面,但是需要付出生命的代价。失去海水的鱼人势必走向灭亡,另外一片不毛之地则会充满生机,诞生新的文明。以亿万年为单位,生命在两颗行星之间摇摆。

这篇微小说不免让人掩卷叹息。我想起纪录片《鸟的迁徙》里面讲道:"灰雁,飞越3 000公里,从欧洲西南部到斯堪的那威亚半岛,鸟类迁徙,是个关于承诺的故事,一个对归来的承诺,历经危机重重的数千公里旅程,只为一个目的:生存。候鸟的迁徙是为生命而战。"我想,也许有一天,我相信一定会有那一天,文明的火种会随着两颗行星之间的巨大潮汐迁徙,而不是毁灭。不管多么艰难,文明旺盛的求生欲不会屈服,那一天,文明定会乘着海洋迁徙。只有抱着这样的希望,文明才得以延续。

微小说·神枪

● 稻野熊 / 文

1

我冒着汗，盯着眼前这把令人胆寒的古董枪。

这把枪具有精锻枪管、超大口径、笨重的身躯、恐怖的后坐力，顶部安装有加长瞄准器。它显然是件历史遗物。虽然现今的武器已经更新换代，但在当年，这把枪简直就是死亡的代名词。

此时此刻，这件曾经在人类历史上获得无限荣耀的杀器，正不偏不倚地顶着我的脑袋……

"先生，我不想惹事，快把钱拿出来！"陌生男子不自觉地哆嗦着，显然是个新手。

我倚在起居室的墙边，双手捂着肚子，眼前这家伙刚才踢我的那一脚可着实不轻。

"你还是个孩子，你……你想过这样做的后果吗？"腹部的疼痛令我难以站直，我只能蜷身子说话，那样子就像一条摇尾乞怜的哈巴狗。此时的处境的确让我有些难堪，因为我做梦也没有想到，浑身沾满鲜血的杀手也会受到别人威胁。

想起来不免觉得好笑，我这一生没干过几件好事，杀人越货，残害无辜，都是我年轻时的必修课。谁会想到今天自己会落到这般田地，如果不是年龄的问题，就算再来几个他这样的毛头小子，我也绝不会放在眼里。

枪口又往前顶了顶，我似乎能听到金属碾压头盖骨所发出的声音。

我在内心咒骂，双眼死盯着对方的脸。就算这条命没能挺过今天，我也要拉上这个家伙一起下地狱。昏暗的灯光有规则地摇摆着，划出的轨迹令人心慌。他似乎在故作镇定，但晃动的枪身已经出卖了它的主人。我看得出，这个年轻人一定是第一次干这种勾当，他的内心害怕极了。

对我来说，这是一个好现象。如果我能再和他周旋一段时间，我的"阿卡"应该就快回来了……

阿卡是我的智能安保机器人，也是我的全能型保姆。在我厌倦了自己从事的工作，准备金盆洗手时，老东家将它作为礼物送给了我。作为养老的保障，这个铁头铁脑的家伙既可以保护我不被仇家暗杀，也能帮助我处理日常的家务。就在刚才，我给眼前的这个家伙开门之前，我把"阿卡"派去了超级市场，打算买些水果回来做一个意式拼盘沙拉。

真是有够倒霉的。

如果体育频道的弹簧球比赛能够再激烈一点的话，也许我会专注比赛而忘了时间，"阿卡"也就会晚几分钟再出门。那时，这个该死的年轻人估计已经倒在了地上，早没了眼前这股子神气。

"快说，钱在哪儿？"年轻人的手抖得更厉害了，我甚至能看到子弹在枪管里摩拳擦掌，它似乎很想尝尝我的血液的味道。

我艰难地扶着柜子，将身体撑起，脑子飞速运转，想着扭转局势的办法。

"冷静点，年轻人。如果你只是想要钱的话，那么问题就简单了。"我示意他放松下来，没必要将我们两个人都置于危险之中。

"你这话什么意思？"

我摆了摆手，想让他先把枪放下，但对方没有照做。那一瞬间，光正好从他面颊上划过，他额头上的汗水正在迸发着光泽，闪烁中，甚至比枪身银灰的金属色更加令人神经紧张。

"这种枪曾经是我的挚爱，我不止一次用它执行任务。出色的发挥配上高效的性能，它简直就是一件完美的艺术品。不过，任何枪都有可能走火，尤其是在不经常用枪的人手上。所以，如果你想在成为杀人凶手之前拿到钱的话，最好别用它随便指着谁。"

此番话一出，空气突然凝住了，几秒钟之后，阴森的枪口缓缓离开了我的脑袋。

果然是个刚出来混的傻小子，我心中暗道。虽然他还是瞄着我的身体，但他的内心显然还在摇摆，毕竟没有人生下来就是恶棍。看来，交涉的第一步非常顺利，估计阿卡现在已经离开了超级市场，也许已经在回家的路上了。

"你用过枪？你是军人？你杀过人？"年轻人连续发问，像个三岁的孩子。他的稚嫩让我觉得好笑，不过这样也好，至少他没能察觉我的计划。

"当然，我曾是个军人。或许，叫作雇佣兵更合适一点。至于杀没杀过人嘛，每个人都可能做过一些不是很光彩，但又不得不做的事情吧……"

年轻人手中的枪又往下沉了沉，灯光打在他的脸上，我能看见他的眼中噙着泪水。

"我不想杀人，我也不想做这些伤天害理的事。"他顿了一下,好像某种回忆正在将他拉向深渊,"我的妈妈快死了,医疗中心拒绝向她施救,理由是我们并不属于一等居民……"

"那可太糟了。"我嘴上应和着,心中却苦笑了一声,我觉得这个年轻人有点小题大做。

2

所有人都知道,从母星到各个殖民星,凡是有人类的地方,都有着严格的等级制度。一等居民多是出身显赫的贵族或者掌握实权的政坛老客,而狡猾暴利的商人以及谈吐风生的阴谋家也只能屈居第二,像眼前这小子这种装束打扮的,估计至少要排在七等和八等之间。

等级越高,意味着享受到的公共资源越优质,这是所有人都懂得的道理。当权者无不鼓吹遵守这个制度应是每个居民的本分,可总是有那么多不懂事的"坏孩子"想跨越这道鸿沟,所以才会衍生出我之前从事的工作——替军方服务,秘密消灭那些试图使用暴力更改自己身份等级的家伙。

"先生,我需要钱,有一家私人医院,他们说可以帮助我的妈妈……"

我摇了摇头:"不要相信他们,那些都是骗子,他们只想让你乖乖地把钱交出去。"

"我管不了那么多了,先生。我需要钱,快把那该死的钱给我!"他再次激动起来,脖子上的青筋突起,枪口又回到了原来的位置,气氛一下子又开始变得紧张。

阿卡应该快到公寓楼下了,我必须再说点什么。

"小伙子,不瞒你说,我的钱早已被挥霍一空,要不也不会住在这么偏远的公寓。如果你急需用钱的话,我倒可以帮你介绍一份收入不错的营生。"

我之前的工作,如果那也能叫工作的话,的确是收入颇丰。一条叛军的性命便可换取可观的生活补助和居民积分。要知道,居民积分可是十分珍贵的财富,它是这个时代唯一可以合法提高居民等级的方式。虽然要违背自己的良心,忍受十指间无辜者的鲜血带来的刺鼻味道,但相较于利益而言,这一切我觉得都还是值得的。

当年,我的妻子始终不赞同我干这么伤天害理的事。没错,又有几个人愿意这么干呢。不过当时的我已经没有退路,工作丢了,还有一大家子要养,孩子们需要通过提升居民积分来获得接受教育的资格。破旧的房屋、压抑的生活环境,这一切就像缠在我身上的铁链,使我不得不走上这条不归路。

好在没过多久,我便麻木了。

有很多像我这种人加入队伍,军方特意为我们安排了技能特训,其中包括暗杀、反追踪、武器使用等。那时很多人开始出现抵触情绪,因为他们过不了自己良心那关。军方为了防止事态恶化,加强了对每个人的心理控制,用洗脑的方式释放着人们心底的怨恨。逐渐地,封闭简陋的房间将人们心中的善念消磨殆尽,来自内心的恶魔便成了主宰。也就是从那时起,我心底仅存的内疚和负罪感也消失得荡然无存。

久而久之,我明白了什么叫杀人不眨眼。

唯一让我介怀的,是在执行暗杀任务的过程中,需要不停地往来于各个殖民星球之间。长时间的星际穿越旅行,拖慢了我衰老的速度,否则从这个年轻人的岁数来看,我已经是他的"曾祖父辈"了。别以为保持青春是件什么好事,如果你也有家人的话,你就会理解我为什么会这样说了。

当我回到原来的住处时,邻居家的小孩已经变成了白发苍苍的老人。他告诉我,我的妻子已经去世很久了。

我躺在破败不堪的旧床上,回忆着妻子的容貌,想象着她的体温,没有人能理解那种感受。天花板与墙壁夹角的霉斑已经泛黄,破碎的玻璃撒得满地,到处都是灰尘。我的孩子们已经不知去向,或许已经成家立业,或许已经被埋在了孤儿院的后山上。在这个时代,第二种可能性更大一些。那时我不知道哭了多久,除了钱和居民积分外,我一无所有,于是,我开始了毫无节制的挥霍……

不过,这些我是不会告诉眼前这个年轻人的。我只给他讲了前半部分,例如,执行暗杀任务的过程,以及拿到的丰厚报酬。我觉得对他而言,此时最重要的当然就是钱了。但令我没想到的是,在我跟他介绍完我的那些丰功伟绩之后,他却露出了不屑的神情。

"你是'星际屠夫'?"

"还是叫雇佣兵更合适些,我不喜欢你说的那个词。"

"那么你肯定暗杀过'自由联盟',或是'正义远征军'的成员了?"

"他们将是你以后的主要目标,当然,前提是你愿意成为我们的一员。"我笑着,表情中带着一股子谄媚相,心里估摸着阿卡已经快到门口了。

"不,老家伙,我不可能成为你们的一员。我的哥哥加入了'自由联盟',他的志愿是为生存在这个世界上的所有人谋得应有的权利。他年轻有为,作战英勇,使敌人闻风丧胆,整颗殖民星都将他奉为神灵。不过,他最终还是死在了你们这样的人手里,呵呵。"

我仿佛听到了枪膛内子弹的淫笑。

3

"叮……"门铃响了。

我趁这个幼稚的年轻人打愣的功夫,一只手按住了枪管,另一只手猛地掐住他的喉咙。我动作娴熟迅速,就像之前对那些卑微的家伙所做的一样。缠斗之间,他身后的古董花瓶被碰到地上,摔得粉碎,撞击声似乎诱发了门外阿卡的听觉处理器,它发疯般地敲打着房门。

"忘了告诉你了,小崽子。"我锁住他的胳膊,狠狠地往他的脸上招呼了一拳,"我曾经发过誓,没人可以用枪指着我的头,尤其是用我最钟爱的枪。你可知道,在我第一次离家杀人前,将一把和这个一模一样的枪送给了我的妻子防身。那是我们爱情的见证,我还在上面刻了一个大大的'love',就和这把一样!没错,就和这把一样……"

虽然我的身体还在本能地和他较着劲,但眼睛突然被枪身上几个充满讽刺意味的字母吸引住了,"这……这不可能……"回忆将我拖进了一个迷幻的空间,意识中的自我正在凋谢,我无法集中精神,枪被年轻人顺势夺了过去。

"嘭!"

那发饥渴难耐的子弹终于如愿以偿地飞了出来,带着火焰的质感钻进了我的腹腔。不过,我已经感觉不到它的存在,任由血液喷涌而出,麻木的神经使我眼神迷茫,世界似乎正在坍塌。

"你……你的枪,是从……是从哪里来的?"我从齿根处挤出这几个字，各种往昔的片段在我脑中飞速闪过，让我不愿分辨哪些是梦幻，哪些是现实。

"这是我的曾祖母的遗物，是我的曾祖父留给她的。"

这真是报应。

"咣！"房门被撞开了，破损的金属碎片飞出老远。阿卡闯了进来，它眼部炽热的警示灯躁动不已，幽冥般的红色光芒闪耀着，扫描起屋子里面的一切。一把寒光凛冽的激光枪出现在了它的机械手臂中，它狂吼着，俨然一个送葬的恶魔。

"不！"我用尽身体最后一丝气力，猛地推开了我眼前的这个年轻人，耀眼的红色激光随后赶到，我只感觉到胸口一紧，整个世界似乎都变得安静了。

血泊之中，阿卡因为误伤了自己的主人，自动断电变成了一件摆设。年轻人跪在我的身边，似乎在叫喊着什么，我只能斜着眼皮望着他，却什么也听不到了。

朦胧之中，那把泛着银灰色金属光泽的枪被扔在了角落，枪身已被鲜血浸染，露出了令人厌恶的颜色。不过，这些并不重要。我的视线尽头，枪身上的那几个字母，它们正在欢快地上下翻舞，仿佛是想带我去见什么人。

微科普·他一生的故事

● 王元 / 文

小说可以用两个成语形容：一气呵成、酣畅淋漓。作者用非常好莱坞的手法烹饪了一盘精致大餐。作为最重要的道具，那把古董枪贯穿始终，开头就吊起读者胃口，试想一下，被一个陌生人用枪顶住脑门，任何人都不能拒绝这样的开篇，随着主人公——也就是被枪指着的倒霉蛋——跟歹徒的对峙和回忆，抽丝剥茧，在短暂紧张的氛围中徐徐展开他的一生，从一个为了养家糊口而误入歧途的普通人，从一个丈夫、一个父亲，变成杀人不眨眼的"星际屠夫"，如何在各个殖民星球之间穿梭往来，执行暗杀任务，又如何厌倦"失去"亲人（后面你们就会明白这个引号的魅力）的生活，金盆洗手，跟智能机器人相依为命，又如何遭抢劫，被一把曾经无比熟悉的杀人武器威胁。小说在篇幅有限的情况下，完成对他一生的回顾，又绕回到故事开始的地方：

那把枪。

让我们聚焦那把枪：精锻枪管、超大口径，顶部安装有加长瞄准器。在人类已经开启星际旅行的年代，与其说它是杀人利器，它更像一件文物。主人公非常熟悉这把枪，甚至比使用者更了解它的出身和性能。通过后文，我们可以知道，这正是他曾经大杀四方的武器。我们不知道的是，这把枪的历史。这一切要从等级制度说起。

未来总在重蹈覆辙

时尚界的趋势就是复古，每隔几年总有一款曾经被嫌弃的单品受到追捧。其实，社会制度也有某种程度的恋旧。说到等级，人们脑海中最先反映出来的肯定是封建旧社会，没有民主，没有人权，可以说，等级就是愚昧的代名词，被现代人嘲笑与不齿，还有憎恨以及庆幸，但是未来也可能发展成类似的社会，更加壁垒森严，不可逾越。这跟反乌托邦不一样，反乌托邦有一个集中了大部分社会资源和财富的极权组织，所有人都遭到迫害、倾轧和剥削。未来的等级制度就跟作者想象中那样，把居民按照层级分类，每个等级的居民拥有不同的权利和义务，随着等级越来越低，权利和义务的比例则会越来越高。

造成这种情况的原因很多，其中比较常见的是爆发全球战争，活着的人重新洗牌，根据势力范围进行等级划分，或者就像现在财富集中在少数人手中一样，这种不均衡在未来愈演愈烈，财团干预政治，再或者，人类开始进行星际移民，人口总数剧增。未来社会的科技更加发达，监管和控制力度也是封建社会无法比拟的，居民一旦被束缚在某个等级，则很难通过类似科举考试的方式完成华丽转身。传统的等级制度讲究血脉，到了未来，财富就是血脉，在文中，财富表现为居民积分。

未来货币，有还是没有啊？

积分是比较常见的划分标准，也是目前货币发展的趋势。随着手机支付的普及，大到上万的奢侈品，小到一套煎饼果子，都可以"嘀"地一下进行交易。实体货币在当今社会中几乎销声匿迹。我猜测,钱包的销量也会江河日下吧。某种意义上,我们的电子账户就是积分的一种形式。货币最大的功能就是流通,只要能流通,采用什么形式(铜钱、钢镚、纸钞、支票)并不重要。

　　积分、信用点、卡值等,都是科幻作家们习惯取代货币的称谓,其形式多种多样,但本质相同,区别在于支付方式:可能是植入芯片,碰一下机器就能完成交易;也可能只需要动动嘴皮,加载在体内的处理器就会进行转账。这些都不重要,是可以调整的细枝末节,值得商榷的是,用积分作为唯一的划分标准是否可行?积分不够,不仅意味着购买能力低下,还代表无法享有优质的公共资源。这样的分类既粗暴又不公平,势必引起民意的反弹。但为什么人们仍然把这种社会形态当成共识来描写未来社会?我们忽略了另外一个元素——生产力。我们的科技正在爆炸式发展,未来的武器(包括需要人工操作的手枪、大炮,还包括自主识别嫌犯的人工智能)一定可以有力地震慑想要暴动和起义的民众。如果这还不够,那就再组织一批"星际屠夫"。

　　屠夫也好,旅客也罢,在频繁跨越不同星球之时,都要面临一段漫长的旅途,唯一的方法就是提高速度——如果不考虑行星蛙跳。不然,以现有的航行速度,到达另外的星球执行任务时,目标早就与世长辞了。时间是最恐怖的杀手,而且从不失手。

■ 比特币是一种点对点的虚拟加密货币,于2009年作为开源软件引入。它被称为虚拟货币、电子货币或加密货币,使用密码术来控制创建和转移

钟慢效应

也许有的读者还没搞清楚，主人公怎么就成了歹徒的曾祖父？

这个转折并不突兀。作者从开始就在埋伏笔，除了那把贯穿始终的古董枪，还有一个非常重要的条件："长时间的星际穿越，拖慢了我衰老的速度"。这句话暗藏着保持年轻的玄机。当一个时钟快速经过静止的人时，运动的时钟要比此人身旁的时钟走得慢。这就是钟慢效应。低速运动时，狭义相对论的时空扭曲效应可以忽略不计，但如果运动速度接近光速，这种效应就会变得明显而倔强。

迄今为止，旅程最长的人类是俄罗斯宇航员谢尔盖·克里卡列夫。他在太空待了近千天，当他所在的和平号空间站以27 359千米/小时的速度在轨道上运动时，他的时间流速与地球不同，通过这一千天的努力，年轻了1/48秒；也可以说，他向未来穿越了1/48秒。这样看来，想要穿越到更远的未来似乎遥遥无期，当我们提高旅行者的速度时，情况就会发生变化。为了便于理解，我们使用光速的99.995%（为什么不是光速呢？因为一旦突破光速的临界点，谁也不清楚会发生什么，最好有这0.005%的限制和保护）在地球和半人马座α星（这是距离地球最近的恒星系，距离地球约4.24光年，是一颗三合星系统，就是三体人的老家）之间往返，如果不考虑加速和减速，在我们看来，已经过去8.5年，但对他来说，只需一个月就能结束旅程。著名的双生子佯谬说的也是这个问题：一对双胞胎，弟弟待在家里，哥哥乘坐飞船高速奔向一颗恒星，到达后立即调头返回。对于哥哥而言，整个星际旅行也许只持续一年，但他当回到家里时，弟弟可能比他大十岁。弟弟永远是弟弟的结论就不再适用。

明白这一点，自然就能理解，为什么主人公竟然是歹徒的曾祖父。抛开文章设置的巧合不谈，我们找到了科学的依据。

这就是我们目前理论上可以达到的时间穿越。遗憾的是，目前载人飞船的速度捉襟见肘，距离光速还差着十万八千里，我们也只能在科幻小说里过过瘾。话说回来，这正是科幻小说的魅力所在，它不仅拓展了视野，还让我们明白，那些绚丽的技术背后都有坚实的科学支持，而非空中楼阁。科幻作家们放大了这种支持，让故事插上翅膀，乘风飞翔。我们需要这样一双翅膀。

微小说·冰河期

●美菲斯特/文

卡西莫多的眉脊高耸，颅骨像橄榄球般向后延展，这副面容与某位电影明星很像，是同族女孩所青睐的。然而这五年来，他过着与世隔绝的生活，海边穿"特基尼"的丰腴女孩，已经和阳光一同模糊在记忆里。

与他同样在地下基地与世隔绝的还有四千多人。经过五年不见天日的研究，他终于成功了。

身后响起轻盈的脚步声，卡西莫多的脑海中浮现出交替迈动的颀长双腿，不用回头他也知道是谁来了。

艾丝美拉达上尉清脆的嗓音响起："卡西莫多少校，福比斯将军说一小时后开始攻击。"

卡西莫多摆摆多毛的手掌："知道了，我马上去。"

卡西莫多的五官如黑人般，厚唇塌鼻，肤色却像涂了层白垩，褐色头发梳成十来股"脏辫"。艾丝美拉达上尉很中意卡西莫多在族人中的性感面貌和头脑。这也难怪，在地底基地中，很容易喜欢上一个人。卡西莫多不是清教徒，可他总说艾丝美拉小腿太长、身段太好、五官太小巧，而敦实矮胖、粗眉大眼的女孩才是他喜欢的。他说喜欢听她们重音鼓般的踏地声，而不是看艾丝美拉达猫一样的步子。

大厅里坐满了实验人员,人人专注于眼前椭圆形屏幕上跃动的数据,刻意不去注意二层楼玻璃室里的三个身影,据说政府最高层的三位就坐在那里。卡西莫多走到操作台前,望向福比斯将军,福比斯从凸起的上下颚迸出两个字:"开始。"

卡西莫多调出几个页面,粗短的十指以不相称的灵巧在上面跳跃,距离大厅十公里处的巨大纺锤体装置开始发出奔雷般的隆隆声,四周闪现出光幕,令夜幕中的群星相形失色。纺锤体由层层叠叠的叶状零件构成,连缀成曲面形体。现在叶状零件之间的缝隙透出白光,随着内部光线的转动,在地上的投影生发着雪花分形似的变化。

一道白光从纺锤体直冲天际,在漆黑的夜空中撕开一个直径为10厘米的小洞。

最大的屏幕上显示出一片郁郁葱葱的大陆,不过根据时间空间坐标,那是6万年前的非洲大陆。

在水草丰茂的非洲,一群四肢颀长的智人在向羚牛群投掷石矛,没注意到距离地面600米的天穹裂开一个小洞。

福比斯从脖子上摘下一把钥匙,插入操作台逆时针拧半圈。卡西莫多也掏出一把钥匙,如法炮制,一枚直径不到10厘米、长3米的银色圆柱体自纺锤体尖端冒出,汇入白光,缓缓上升。

大厅里所有的人紧张地盯着大屏幕,银色圆柱体一旦自虫洞打入非洲大陆,将在3天内引发局部冰河期,气温将从30℃降至零下20℃,昔日绿意盎然的地表将被冰雪覆盖,河流将被封冻。几乎赤身裸体的智人并无度过严寒的经验,不知多少飞禽走兽会冻死,智人压根没有贮存食物、皮毛的时间。

福比斯对着大厅发号施令,更多的是向二层楼中的三人报告情况:"目标——6万年前,第9527号时间线中的智人,'骨棒'将在5分钟内进入虫洞投射轨道。"

卡西莫多深知,即使非洲大陆上的智人凭借火种和洞窟躲过严寒,也将面临食物匮乏的困境。智人甚至会同胞相食,一旦饥饿之火将理智焚烧殆尽,一同陪葬的还有在千百次狩猎协作中建立的文明雏形。

就算智人有些许食物储备,饥火焚心的啮齿动物也会挖破原始的石窖,吃光存粮,特别是老鼠,会在聚族蜗居的智人中散播腺鼠疫,将最后一丝文明的曙光扼杀在黑死病中。

福比斯将军的两道宽眉拧在一起,复仇的火焰在眼睛里灼灼燃烧——6万年前,正是智人成群结队走出非洲大陆的时刻,残忍狡猾的智人迁徙至欧洲大陆,凭借丰富的语言和团结协作,将和平善良的尼安德特人屠戮至灭种。从此居于食物链顶端的,不是四肢粗短、弯腰弓背的尼安德特人,而是手腿修长、腰挺背直的智人。

福比斯回想起少年时参观博物馆,在尼安德特人骨骼化石上发现齿痕和撕扯肌肉的痕迹,甚至有腿骨被石斧砸断,里面的骨髓被吸食一空——那些骨骼是儿童和妇女的啊!

当时尼安德特人还处于打制石器阶段,而智人已经进入磨制石器阶段,用他们蘸水磨出的锋利石刃活生生地宰割憨态可掬的尼安德特人,成年尼安德特人在熟悉的猎场被有组织、有计划地伏击。多少婴儿失去母亲?多少妻子失去丈夫?多少幼小的尼安德特人在洞窟中翘首以盼父母回家,等来的却是手持石斧石刀的智人!

从那时起,福比斯和小伙伴们一起发誓,作为尼安德特人文明在时间湍流中的幸存者,要将各个时间线上的智人魔鬼送入地狱。

虫洞开启伊始,福比斯曾主持观察不同的时间线,在99.7%的时间线中,智人文明一家独大;尼安德特人文明的时间线只占可怜的0.3%,而这其中至少一半还是尼安德特人文明与智人文明对峙,并逐渐滑向劣势。现在尼安德特人要抬起他们高贵的椭圆头颅了,纵然只能撕开直径为10厘米的虫洞,也要将万恶之源扼杀在非洲大陆。

狭小的虫洞是天然的障碍,尼安德特人军方高层曾经激烈争论投射哪一种武器——如果用核弹,难以控制尘埃云的扩散,非洲大陆将成为死地;如果用常规武器,难以造成有效杀伤,"清理"不彻底。

被复仇毒牙啮咬了上百年的尼安德特人科学家最终研制出一种武器——"骨棒"。在计算过的区域投射"骨棒",将扰动大气结构的关键点,在非洲大陆区域诱发冰河期,纵然有几百名智人幸存,风中之烛般的孑遗之民无法构成威胁。而欧洲大陆的尼安德特人,将专注于发展文明,就像福比斯、艾丝美拉达所在的这条时间线一样。

在给银色圆柱体征集名字时,一位尼安德特人科学家提议将其叫作"骨棒"。在电影《遨游太空2111》中,饱受智人欺凌的尼安德特人拣起一根羚牛的大腿骨击碎智人的头颅,而后将骨棒抛向蓝天,变为在太空中旋转的空间站——这个名字很快获得军方的一致认可。

再过60秒,"骨棒"将进入虫洞,大厅里的所有尼安德特人后裔仿佛听到9527号时间线智人文明的丧钟,这对于他们仿佛天籁之音。忽然,一位观测员对福比斯说道:"将军,欧洲大陆上空出现虫洞,直径比我们的略大一些,12厘米左右。"

艾丝美拉达上尉紧张地说:"欧洲虫洞里有信息传过来,是智人的语言!"

"快翻译!"

"他们说,无论我们从非洲虫洞投射出什么,他们都如法炮制,除非我们收起虫洞。"

福比斯命令道:"赶紧计算——假如'骨棒'从欧洲上空的虫洞投射,会出现什么后果。"

过了30秒,观测员大声道:"'骨棒'从那里投射后,会引起欧洲大陆70~90年的冰河期!将军,怎么办?"

倒计时只剩下20秒,所有人的目光望向二楼玻璃室里的三个身影,尼安德特人最高领袖总参议长就在那里。福比斯飞快地汇报情况,大厅里所有人焦灼地望着倒计时:15、14、13、12……银色圆柱体已经在虫洞入口蓄势待发,似乎下一秒就会降临相隔6万年的智人头上。

只剩9秒时,三位高层终于作出决断,福比斯心有不甘地宣布:"收回'骨棒',关闭虫洞!"

大厅里的人赶紧关闭虫洞,纺锤体的白光慢慢减弱,"骨棒"缓缓落下。所有科学家极度紧张,虽然他们曾为紧急情况准备种种预案,但回收冰河期武器仍然风险极大,如果操作不慎,冰河期将在他们所在的时间线爆发。而大屏幕上,智人在为猎杀到四头肥硕的羚牛欢呼雀跃,丝毫不知道自己与死神擦肩而过。

"骨棒"成功回收,虫洞关闭,漆黑的天穹恢复繁星点点,犹如百年之久的一瞬过去后,所有人长舒一口气。艾丝美拉达上尉正擦去额头上的冷汗,福比斯将军突然指着她说:"把她囚禁起来,严加审讯!"

"不!我什么都不知道!我的权限太低,怎么可能泄密?"

艾丝美拉达被四肢粗壮的卫兵带走，尖利的申辩声消失后，大厅里静得如同坟墓。艾丝美拉达的相貌、身段与智人过于相似，福比斯不得不找个人来背锅，免得二楼玻璃室里的三个身影先对他降下责罚。

卡西莫多明白艾丝美拉达不是智人，她对四肢粗短的男人情有独钟，为自己曲线玲珑的身材而自卑，这一切都是尼安德特人的审美。卡西莫多望着艾丝美拉达消失在门口，向旁边的观测员说："我早就怀疑她是智人的卧底，连着三天严刑拷打，不怕她不吐露实情。"

观测员生怕福比斯怀疑到自己头上，唯唯而诺，尼安德特人之间相互猜忌、相互出卖的特质，与智人相比不遑多让。

再次蒙混过关了！卡西莫多冷汗浸透内衣，五年前他套用卡西莫多的克隆躯壳，潜入尼安德特人基地相机行事。每次尼安德特人的计划，另一条时间线上的智人都会知晓，并针锋相对地想出对策。不枉他通过意识存储器将自己上载到这具胼手胼足的躯壳中……

这条时间线的威慑平衡已经达成，可以回去了。卡西莫多总算争取到一个单独外出的机会，驾车来到戈壁滩的雅丹巨石后面。卡西莫多确认四周无人，将自己的左边第三颗臼齿拧下。一旦开启里面的定位装置，他的时间空间坐标就会传递到他所在的0017号时间线。只要他从后脑拔出意识存储器，另一端的同胞就会将这个小东西传送回去，安装回他的智人躯壳中，到时，他就可以恢复为身高一米九的亚麻色头发帅哥，再也不是这鬼样子。

卡西莫多忽然发觉昨天大厅中发生的事有什么不对，事情太简单了，也太顺利了。不祥的预感攫住了他，他的瞳孔骤然收缩。这时，卡西莫多感到后背一麻，麻痹飞快地蔓延到全身，再想开启臼齿里的定位装置已经来不及了。

尼安德特人头盖骨形状的飞行器降落在他身旁，福比斯将军亲自带着一队特种兵围住他，本该在审讯室中被拷问的艾丝美拉达也赫然在列。

"暴露了？"卡西莫多如堕冰窖，他方才意识到，智人的虫洞绝没有开启12厘米那么简单，观测员当时的表述是基于尼安德特人的技术水平来说的。换句话说，没有来自0017号时间线的对等威慑，没有来自尼安德特人最高层的三人，没有福比斯向总参议长紧急请示……被逼无奈的妥协只是一场戏，一切都是为了让潜藏的间谍认为威慑平衡已建立，不用再待下去。

卡西莫多被致瘫痪武器击中，无法动弹，眼睁睁看着福比斯拾起臼齿。他忽然想到，尼安德特人的目标根本不是6万年前的智人文明，而是他所在的0017号时间线，这是智人绝想不到的反击——若想在紊乱的时间湍流中对某一文明实施精确打击，唯有获得时间线的精确坐标。福比斯拿到臼齿，迟早会解析出坐标，0017号时间线的智人文明将暴露在打击之下！

艾丝美拉达拿起激光手术刀，从卡西莫多后脑剜出意识存储器。那个小东西离开后，卡西莫多的躯壳内只有1分钟意识残留。艾丝美拉达揶揄道："我会好好炮制你的意识母本，做成'缸中之脑'，炮烙、酸烧、凌迟……各种虚拟酷刑，直到把你脑子里最后一滴情报榨出来。对了，还会让你看看'骨棒'投射到智人时间线之后，你的同胞怎样在上百年的冰河期中挣扎！"

福比斯凑到他脸旁，冷笑道："艾丝美拉达整容成骨瘦如柴的智人模样，只想取得潜在的智人间谍信任，套出情报。为了排查尼安德特人文明中隐藏的奸细，她也是拼了，我看着都心疼。

你是不是后悔没早尝尝？"

卡西莫多无法说话，只能在心里大骂："尼安德特人，变态！"

他被人用悬浮担架抬起，送入头盖骨形状的飞行器。一双双高耸的眉脊下，尼安德特人特种兵邪恶的小眼睛注视着他。卡西莫多感觉自己仿佛被剥光了，在八十亿尼安德特人面前游街。

10、9、8……意识存储器被拔出后，1分钟堪堪过去，卡西莫多感到堕入无边的黑暗，恍惚中，他仿佛看到40万年来的冰河期凝结在"骨棒"里，似鳄鱼般，缓缓地向0017号时间线游去。

微科普·超时空阻击

●王元/文

小说《冰河期》让人耳目一新。新的不仅是设定——制造虫洞，跨越时间线的战争和阴谋，也不仅是凭借如此局促的篇幅制造出漂亮的转折，还有关于人种的猜想，让人拍案叫绝。在不同的时间线，智人和尼安德特人发展出不同的文明，有的成为统治者，有的彻底灭绝，在大部分时间线，文明现状与我们所处的世界相同，都是智人胜利。如此，作为智人后代的作者才能构思，作为智人后代的笔者才能在初春还有些清凉的早晨敲下这篇解析，作为智人后代的读者才能在字里行间与我们相遇。珍惜这来之不易的缘分吧，文明的进化看似一帆风顺，实则充满危机，任何一个微小的涟漪，都可能在历史长河中掀起滔天巨浪。在大部分时间线，更善于思考的智人最终披荆斩棘，走向食物链顶端，作者设想的比例是99.7%，留给尼安德特人翻身主宰历史走向的意外只有0.3%，这个数据跟食物包装袋的图案一样仅供参考，但也能充分说明问题。在这组数据之下，尼安德特人文明显得弥足珍贵。作者没让他们安于现状，而让他们对其他时间线的智人文明进行打击报复。

科幻小说有一个独特的分支，叫或然历史。简单地说，就是历史的其他走向，比如说，第二次世界大战以轴心国的胜利终结——著名科幻作家菲利普·迪克创作的《高堡奇人》就描述了轴心国击败同盟国,美国向纳粹德国和日本投降。《冰河期》中,尼安德特人非但没有灭绝,而且发展出文明,这也属于或然历史。或然历史只是开动脑筋的想象,我们还是要从现实世界出发。

现实世界

首先,让我们来为人下一个标准定义:人属于真核域、动物界、后生动物亚界、后口动物总门、脊索动物门、脊椎动物亚门、羊膜总纲、哺乳纲、兽亚纲、真兽次亚纲、灵长目、真灵长半目、直鼻猴亚目、人猿次目、狭鼻下目、真狭鼻小目、人猿超

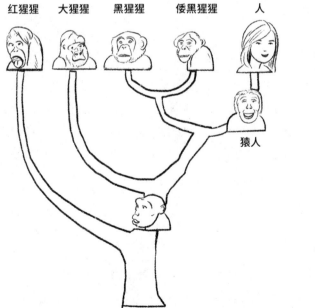

■ 猿和人类进化树

科、人科、人亚科、人族、人属、人亚属、智人种。如果尼安德特人取代人类，那么他们撰写的词条就会把最后一项修改为"尼安德特人种"。我们的祖先和尼安德特人到底有多少渊源？那要追溯到冰河期。

历史上一共有三次规模较大的冰河期，前寒武纪晚期、石炭-二叠纪和第四纪。第四纪冰期大约始于距今200万~300万年前，结束于1万~2万年前。人类的文明之火在第四纪冰期结束之后开始燎原。冰河期是智人和尼安德特人争斗的关键期。严寒既是生存的挑战，也是进化的机遇，适者生存。考古界有一种说法，尼安德特人比智人更加强壮，却安于现状，没有更加主动地适应社会，才被不断求索的智人挫败。作者在小说中提到一个非常重要的节点：6万年前，智人成群结队走出非洲大陆，迁徙到尼安德特人统治的欧洲大陆，将其取代。现代学术界几乎公认智人在非洲大陆演化，但走出非洲的时间节点一直没有定论。《自然》杂志刊登过一篇文章，在希腊发现一块近21万年前的智人头骨，远远早于6万年，但6万年并非作者随便杜撰，人类考古学家在欧亚大陆发现的大量智人化石和遗骸都在6万年前后，所以通常将此节点认定为智人走出非洲大陆的时间。现在看来，6万年前更可能是大规模出走，正如作者所说的"成群结队"，大约3.5万~4.5万年前，智人鸠占鹊巢，霸占了尼安德特人的家园，最终形成今日欧洲人的祖先种群。

平行宇宙

在现实世界被打败了，就要在平行世界找补回来。

通篇读完，我想问大家一个问题，小说写到"作为尼安德特人文明在时间湍流中的幸存者,要将各个时间线上的智人魔鬼送入地狱",那么,这个成功逆袭的尼安德特人文明到底存在于哪条时间线呢?小说一共提到两条时间线:9527号和0017号。但答案不在这两个选项中,而在我们的思考中,作者并没有明确交代。唯一可以推测的就是,之所以打击这两条时间线的智人文明,是因为尼安德特人文明在这两条时间线都没有成为主宰。显而易见,在他们已经获胜的时间线,没必要对已经被消灭的智人鞭尸。为了便于讲述,假设小说中的时间线为0000号。0000号时间线上的尼安德特人文明开始要对9527号时间线上的智人文明文明发射"骨棒",因为0017号时间线上的智人文明如法炮制,0000号时间线上的尼安德特人文明只好收手,两个不同时间线上的文明达成恐怖平衡。这非常有意思,往后发展就会形成猜疑链,刘慈欣在《三体2:黑暗森林》中、诺兰在《蝙蝠侠:黑暗骑士》中都描写过猜疑链,刘慈欣的载体是两艘飞船,诺兰的选择是两艘船,《冰河期》的选择则是位于不同世界的两个文明。

■ 两个世界交错的混沌模型

那么,问题来了,是否真的存在平行世界?加来道雄在《平行宇宙》这本书中提到过"混乱的膨胀理论和平行宇宙"的概念:想象一个宇宙,在随机的空间和时间点上自发发生破裂,一个短暂膨胀的宇宙诞生了。在这个理论中,自发破裂可以

在我们的宇宙内的任何地方发生,从我们的宇宙萌发出一个全新而完整的宇宙。我们不一定非要认可或者驳斥,这本来就是无法证实也不能证伪的命题,唯一可以肯定的是,科幻小说中肯定存在平行世界,这是科幻不可或缺的题材。精妙的故事,就诞生在平行世界之间。

该理论还表示,因为不确定性,各个平行宇宙之间很难取得联系。《冰河期》尊重了这个前提,才有了后来的反戈一击:若想在紊乱的时间湍流中对某一文明实施精确打击,唯有获得时间线的精准坐标。现在,我们可以回到文章开篇了——如何打击?

蝴蝶效应

作者写得非常隐晦,一笔带过,只说扰动大气结构的关键点,就能在非洲大陆区域诱发冰河期。作者在这里使用的正是蝴蝶效应。把前面那句话换种说法,读者就会豁然开朗:一只蝴蝶在巴西轻拍翅膀,可以导致一个月后得克萨斯州的一场龙卷风。这是蝴蝶效应最常见的阐述。蝴蝶效应的准确释义为,在一个动态系统中,初始条件的微小变化能带动整个系统长期且巨大的链式反应。我们现在对气候的掌握仍然非常有限,气候本身就是一个巨大的混沌系统。

需要指出的是,混沌是系统长期演化的结果,研究一个动力学系统的长期行为才有可能揭开混沌的规律。换句话说,作者的构思是,通过干扰大气结构的关键点引发局域冰河期的可能性的确存在,问题在于如何确定那个关键点。就像我们都知道阿基米德没有吹牛,可是谁能为他提供那个撬动地球的支点呢?

最后,提供两个彩蛋。《冰河期》中有两个电影梗。一个是

■ 在一个艺术家的观念中的一个遥远的星系（图片来自NASA）

9527号时间线：9527正是周星驰潜入华府接近秋香时的编号，许多读者看到这串数字会心一笑；另一个是"骨棒"，作者杜撰了一部名为《遨游太空2111》的电影，显然在致敬库布里克的经典之作《2001太空漫游》，一个大猩猩将手中的"骨棒"抛向天空，变为在太空中旋转的空间站。这跟扰动大气关键点引发冰河期有异曲同工之妙，也是创作者常用的技巧，略去推理过程，既显得简洁而高级，也留下想象和思考空间，让读者参与进来。科幻作者只需奉献想象，中间漫长的过程和复杂的计算就交给科学家攻坚吧。

微小说·薛定谔的猫

●阿西博士/文

黑白无常最近很烦恼,因为人间出了一个薛定谔,而且,他还养了一只猫。

这不,这会儿两鬼正耷拉着脑袋倚在奈何桥边上:黑爷百无聊赖地甩着脚镣手铐,头顶书有"天下太平"四字的官帽也跟着晃晃荡荡,而平日里总是笑盈盈的白爷此刻也愁容满面,长长吐出的舌头显得格外苍白。

就这么对着奈何桥下浑浊激荡的河水发着呆,两鬼久久无话。半晌,黑无常重重地叹着气说道:"兄弟,得想个法子啊,再这么拖下去,我就快连香烛都吃不起了。"

"黑哥,我何尝不想,可你看那只猫,关在密室里,密室里放着毒气释放器,毒气释放器又连着开关,开关还由放射性原子控制。听那个姓薛的江湖术士讲,一旦原子衰变,就会释放出 α 粒子,触动开关,释放毒气,最终把猫毒死,如果只是这样倒也罢了,我们无非把那猫的魂魄勾了去,交差了事,偏偏他又说,如果原子没有衰变,猫就死不了;最可恨的是他也说不清原子究竟会不会衰变,何时衰变,所以,原子是处于一种'衰变'和'不衰变'叠加的状态。因此,那只猫既是死的也是活的,根本没法分清,我们更是无从下手啊!"白无常一口气倒出一肚子苦水。

"要我说，管它衰不衰变，反正那个破密室拦不住咱们，干脆穿墙进去，看个究竟结了！那术士不也说了，一旦有人打开密室，就等于有观察者加入，猫的叠加状态就会崩塌，猫是死是活不就清楚了？"黑无常没好气地说道。

"嘘！"白无常赶紧捂住黑无常的嘴，四下张望，悄声说道："这话可不能乱讲，你别忘了，勾魂夺魄工作守则第一条就说了，绝对不能影响阳间人畜的命数，那猫好好的半生半死待在密室里，我们唐突进入，等于左右了它的死活，这要让阎王知道了，可不是闹着玩的。"

"这也不好，那也不行，可偏偏这个案子又被牛头马面捅到了城隍爷那里，现在已经变成超时工单，一天不处理便一天要扣我们的粮饷，这么下去，我们的饭碗早晚要被他们两个抢了去！"黑无常啐了一口，重重地将脚镣手铐摔在地上。

奈何桥畔，杨柳精依依生怕刺激了两个鬼头，收敛了妖娆的身姿，只低低地垂下满头的柳条，时不时随风轻轻摇摆着。

就在两鬼愁眉莫展之时，却见不远处孟婆领着一个鬼魂匆匆跑来，鬼未到，铜铃般的笑声就已响起："哎哟喂，你们两个，愁的什么劲啊！"

及至跟前，满脸带笑的孟婆挥动手中的蒲扇，拍拍两鬼头顶的官帽，接着笑道："还不打起精神来，你们两个，本来就丑，现在这幅衰样，莫说是人，连鬼见到，也要倒霉三分。"

黑无常扶正了官帽，哭丧着脸说道："孟婆，我们兄弟摊上大事了，你就不要消遣我们啦。"

"这样啊，我本是专程来帮助你们的，既然如此，我就不强人所难了。"孟婆提高了音调，转身作势要走。

"等等！"白无常听罢，一把抓住孟婆的手，嬉皮笑脸地凑上前去,"好婆婆,你知道我们兄弟平时是最敬重你老人家的,不过,你可知道我们这回碰到的是什么硬钉子?你当真能帮得上忙?"

"我孟婆别的不敢说,这奈何桥上,每日来来往往的鬼魂何止千万,就你们那点破事,还能瞒得住我?"孟婆轻摇蒲扇,斜眼瞟了瞟黑白无常,"要不是看你们兄弟平日里知道孝敬我,常来陪我老婆子唠嗑解闷,我才懒得搭理这些琐事。"

"是是是,天底下都知道孟婆你最照顾晚辈了,如今我们摊上这档子事,实在是叫天天不应叫地地不灵,还望婆婆你指点一二!"两鬼连连向孟婆作揖。

"嗯哼!"孟婆很是受用地清了清嗓子,"要说也真是巧了,昨儿我才听说了你们的事,今天一大早,就有个鬼魂找到了我,说是能帮上你们的忙,可他满嘴胡话,尽是各种专业术语,我也听不出个所以然。他还说自己前世也是个术士,被教会陷害活活烧死,要我在他转世饮用的孟婆汤里减少点剂量,好让他保存些记忆下辈子接着搞科研。我本不想理他,但今儿个看你们在这里愁了半天,于心不忍,就权且死马当活马医,把他给带了过来,喏,就是他。"孟婆拿着扇子指指身旁一个金发碧眼的鬼魂。

"我不是神经病!"那鬼魂看着黑白无常狐疑的眼神,大声辩解道,"我叫休·埃弗莱特,是个物理学家,我真的能帮你们摆脱困境。"

"那你倒是说说看,说得好了,我们帮你一同向孟婆求情,但是你如果胆敢戏耍我们……"黑无常挥动手中的脚镣手铐,恶狠狠地说道,"小心将你打入十八层地狱!"

那鬼魂咽了咽口水,说道:"你们所担心的,无非是无法确定薛定谔的猫的死活,而且根据他的理论,一旦你们想要强行进入观察,就会使量子状态坍塌,从而影响猫的生死,然而,你们的担心纯粹就是多余的,事实上,根本不存在什么量子坍塌。"

"哦?!"黑白无常似乎看到了事情的转机,赶紧毕恭毕敬地将埃弗莱特扶到座位上,"接着说,您接着说。"

"根据我这数百年在阴间的研究,微观量子世界里并没有所谓的'坍塌'发生,而是整个宇宙分裂成了多个的平行宇宙,每个分裂的宇宙对应着一个不同的量子结果,就拿薛定谔的猫来说,当我们进入猫的密室,宇宙就发生了分裂,而我们会被随机分配到'死猫'或'活猫'的宇宙中。所以,当你们看到死猫的时候,它的死并非你们导致的,而只是你们刚巧进入了这个分裂出的平行宇宙而已,你们完全可以按照正常的程序夺走它的三魂七魄,反之,如果猫是活的,那你们更可以顺理成章地将这个案子了结。"

"果真是这个样子?"两兄弟难以掩饰自己内心的激动。

"千真万确!"

"太好了,看来我们真的是吃了没文化的亏啊,现在得了,这案子终于有着落啦!"黑白无常笑逐颜开。只见他们立马起身拾掇了家伙什,一边连跑带跳往桥头跑去,一边回头朝着孟婆和埃弗莱特连连挥手,大声喊着:"我们这就去把事情了结了,回来再好好重谢两位。"

一眨眼的工夫,黑白无常便穿过大半个地球,来到了西边的人间。这会儿恰巧是夜里,两鬼摸着黑,顺着石板路来到薛定谔的家中,屋内静悄悄的,想是家里人都睡下了,于是他俩又穿过厅堂,径直往密室方向走去,在密室厚厚的石墙前,他们停下了脚步。

两鬼面面相觑。

"那么,现在……"

"进去?"

"进去!"

"3! 2! 1!"

"砰"的一声,两鬼双双穿过石墙,进了密室。

"哈,这猫不动了,看来我们进入了死猫的平行宇宙。咦?黑哥!你哪儿去了?"白无常的声音在空荡荡的密室中回响着。

【另一个平行宇宙】

"哈,这猫在动呢,看来我们进入了活猫的平行宇宙。咦?白弟!你哪儿去了?"黑无常的声音在空荡荡的密室中回响着。

微科普·这是一只神奇的猫

● 王元 / 文

《薛定谔的猫》就像一则小品，黑白无常这对凶神恶煞的阴曹使者在作者笔下生动而可爱，他们联合孟婆上演了出人意料的戏码。只看这两句介绍，读者一定以为看到了假的科幻小说，明明是神鬼故事，不仅没有理论，还有点反科学。读到后面，薛定谔和休·埃弗莱特相继登场，及时拯救了故事的类型，将其扳到科幻小说的正途上。小说围绕薛定谔的猫展开。这只猫是科幻小说中出镜率最高的动物。估计创作"这只猫"的薛定谔也没有想到，他本意是对量子力学在描述客观实体时的不完备性进行阐述，以此反对当时量子力学的正统诠释。这只是他个人的思想实验，结果却成为科幻作者的集体狂欢，好像写作生涯中没有出现这只猫的身影就显得不够专业和完整。

不同国家，甚至同一国家不同地区都有各自的文化体系。西方有古希腊神话，我们也有一套完整的神鬼体系，黑白无常就是其中比较有名的代表，活跃在许多影视作品中。中国老百姓都知道这哥俩，他们的工作是把人从阳间往阴间摆渡，被他们盯上绝对不是好事，不过，也有他们束手无策的时候，那就是面对这只猫的时候。黑白无常只能对死者下手，勾其魂魄（在这篇文章的语境下，我们只好假设灵魂存在，否则黑白无常失业，这篇文章也就无从谈起），他们不能平白无故地侵害活物,而薛定谔的猫既死又活。

薛定谔

薛定谔何许人也?

薛定谔于1887年8月(请注意这个日期)生于奥地利维也纳,毕业于维也纳大学。他是理论物理学家、量子力学的奠基人之一,于1933年获诺贝尔物理学奖。当然,让他"火出圈"的还是那只特立独行的猫。天底下,没有哪只猫能够如此任性,想死就死,想活就活。

薛定谔的猫是薛定谔在1935年提出的有关猫的生死叠加的思想实验。小说在开篇就借黑白无常无奈的对话引出了这项实验的具体构想,在此不再赘述。

科学家可不比小说家,每天都是"胡思乱想",他们的天马行空都是为研究观点寻找论据,薛定谔也不例外。他搞出这样一只猫可不是为了消遣,或者让后世的科幻作者们争相引用。为了更好地理解这个实验思想,我们需要回顾一下当时的学术界。

前文写到,薛定谔设想出这只猫是为了跟当时量子力学的正统诠释作对,所以,我们首先要搞清楚,何为量子力学的正统诠释,就是指哥本哈根诠释。哥本哈根认为量子系统的量子态可以用波函数来描述,测量造成波函数坍缩,原本的量子态概率地坍缩成一个测量所允许的量子态。这是当时标准的理论。

自20世纪初以来,关于量子力学的争论就没有停止过,有两个主要阵营。其中一方以玻尔为代表,他是哥本哈根理论的

■埃尔温·薛定谔
(Erwin Schrödinger,1887年8月12日—1961年1月4日),奥地利物理学家、量子力学奠基人之一,发展了分子生物学

拥趸，称其为哥本哈根学派掌门人也不过分，在他背后有马克斯·玻恩、海森堡、沃尔夫冈·泡利等物理学家；另一方也不甘示弱，他们的精神领袖是爱因斯坦，跟随他的队伍有薛定谔和德布罗意，阵容同样不容小觑。他们几乎是物理学界的天花板。这些人在1927年第五届索尔维会议上同框。

在这次会议上爆发了玻尔和爱因斯坦的论战，可以称之为物理学界全明星赛，29位与会者中17人是诺贝尔奖得主。当时，主辩人是爱因斯坦，薛定谔后来才接棒，成为与哥本哈根唱反调的代表人物。根据哥本哈根理论，微观物质有不同的存在形式，即粒子和波。通常，微观物质以波的叠加混沌态存在，一旦观测，就会坍缩为粒子。薛定谔的猫巧妙地把微观物质在观测后是粒子还是波的存在形式和宏观的实物建立联系，以此求证观测介入时量子的存在形式，由于量子叠加态不确定，因此无法确定猫的死活，因而说明量子力学对实在物体的描述不完备。很长一段时间，这只猫都是哥本哈根理论支持者的噩梦，比黑白无常还让

■ 可能是有史以来最惨的一只猫

人避之不及，直到一个叫作休·埃弗莱特的美国人出现。

休·埃弗莱特

休·埃弗莱特也是一位传奇人物，他生于1930年，死于1982年，只走过半个世纪。网上他的资料非常少，百科词条中也没有隆重的介绍。但要知道，他可是平行世界之父、多世界理论之父。一般而言，被称为"×××之父"的人物，都会拥有漂亮而丰富的履历，后人也会在不断的报道和回顾中用各种溢美之词丰富他的人生，可休·埃弗莱特仿佛是个不招人待见的另类，究其原因，可能由于他国防项目承包商的身份，即使在讲究民主和开放的美国，这也是敏感领域。

正如小说所言，休·埃弗莱特对薛定谔的猫作出了一套逻辑自洽的解释。哥本哈根理论认为，我们之所以发现宏观物体的叠加态，是因为当观察者试图测量之时坍缩为实体。休·埃弗莱特则给出另外一种猜想，当我们遇到一个具有叠加态的粒子，叠加态也会作用到观察者身上，叠加态没有坍缩，而是受其影响，观察者的世界一分为二，观察者也在这一刻被复制粘贴，进入不同的世界。以薛定谔的猫为例，在其中一个世界，我们看到了活蹦乱跳的猫；而在另外一个世界，我们只能为它哀悼。这一猜想，正是多世界理论的肇始。这刚好可以解释小说最后看似荒诞不经的结局，白无常进入死猫宇宙，黑无常进入活猫宇宙。有意思的是，因为他们进入不同的宇宙，所以没有共存。这是作者自我发挥的奇妙引申。通常来说，讨论的都是观察者，毕竟，一个都还没有搞清楚，两个就更糊涂了。

休·埃弗莱特的解释还引申出另外一个更加疯狂的思想实

验：量子自杀假说。按照平行宇宙理论，对于一个自杀者来说，无论如何努力去死都不会死去，都不会走到生命尽头。不管是触电、上吊、割腕，还是跳楼、卧轨、饮鸩，把所有我们能想到的手法全部来一遍，总存在一个自杀者没有死掉的宇宙。比如，上吊时绳子断裂、触电时突然停电、卧轨时火车晚点、跳楼时被树枝挂住……即使这些可能性微乎其微，但只要有可能，就会分裂出这样一个世界——自杀者依然活着的世界，然后，从自杀者的视角来看，他只能存在于活着的世界。虽然这听上去有些不可思议，但我们生活的宇宙本来就充满未知。但既然此时此刻还活在这个世界上，那就好好活着，这个世界还有好多的精彩等着我们去发现。

微小说·地球膨胀

●朱菁／文

对于宇宙，人类终其一生都不可能获得所有问题的答案，甚至连0.000 1%都不知晓。

许多科学家都相信，宇宙在膨胀，但是这种膨胀只作用于星系这样宽广的宇宙尺寸，对地球上的人们来说简直微不足道，用哈勃常数70（km/s）/Mpc来计算，北京到上海的距离是1 000公里，每年的膨胀距离只有1根头发丝的宽度，更别说对于人体，每年的膨胀数值只有0.13纳米，还不及一个氢原子。地球膨胀的数值相比其他力简直可以忽略不计。

但是今天，人类收到外星信号，他们的舰队曲率飞行造成的空间波浪在这几天将会到达太阳系，请人类做好防冲击准备。

外星舰队早就在地球时间的一万年前在起航时候就发送过通牒，这是宇宙的公约，但是可惜，那时人类还在使用石器，怎么会知道生活的空间里充满了看不见的信息呢。

在地球的最后几天，人类通过信号知道，一般外星战舰的曲率航行的气泡范围大约是木星这么大，当然消耗的也差不多是整颗木星的能量，木星赤道半径约为7万公里，是地球半径的11倍；体积是地球的1 316倍。曲率飞行的轨迹会破坏原来的空间，犹如船在水中前进的波纹一样，向四方轰然波动散去，直到最后才伴随着时间恢复完好如初的平静，这很像用农具耕土一样,把土翻开,需要很长时间才让地面恢复如初,所以宇宙文明间对使用曲率引擎有公示的要求。

外星舰队的曲率飞行导致的空间巨浪即将波动到太阳系和地球,这像Photoshop中的液化滤镜(鱼眼扩张)效果一样,很好理解。外星人还号称因为距离远,空间巨浪到达太阳系时应该只产生一点点风浪。但是我们也知道,我们的死期要到了,在海中一片树叶上的蚂蚁,是经不起任何风浪的。

不过这个过程没那么快,大概要持续一星期。

我住的地方是一个人口不少的小镇。末日来临前的第一天,有的人跑去教堂唱诗祈祷,有的人疯狂烧毁所有金钱放声大哭,而有的人却尽情疯狂。

我和妻子还有孩子们在夜晚来到山丘上,我们这里被旅游网选为最适合看星星的地方。这里纬度高,空气清新,但是今天的夜空中已经没有多少星星了,我们看着许多星星刚刚还亮着,突然就消失不见了,月亮也在几小时内从那么大,变成天边的一颗星。之前科学家说,未来宇宙膨胀,如果地球还存在,会成为无尽黑暗中的一颗星。宇宙一片死寂,我们看不到任何星球邻居,想不到能在有生之年亲眼看到。

第二天,对我们来说,已经永远没有美国了,美国和我们已经因为膨胀相隔了很远很远。我觉得如果有人刚好在从中国飞往美国的飞机上,那他们从舷窗向外看去就只能看到海天一线相连的景象,飞了很久很久,永远找不到任何一小片陆地……那种感觉,让人体会到什么叫作"死寂",真是不敢想象那种绝望。

第三天,我和外地的朋友尝试通最后的电话,每说一句话,都需要延迟很久才能听到回复。

第四天,他们说,这个小镇已经与世隔绝了。通往外面的高速公路已经宽得吓人,大概有几百米那么宽,可以并排放下十几辆坦克,并且延伸到看不到的尽头。

第五天,我起床睁开眼睛,下楼打开门,惊讶地发现,四周的空间早就不剩下任何东西,就像游戏《Mincraft 我的世界》里的初始状态那样,只有整块蓝色的天和整块绿色的地向四面八方延伸,而中间只有我家这栋孤零零的小房子。其实我们和隔壁邻居们的房子只相隔了30米,中间还有一颗美丽的枣树。原本我还想今天和他们话别,从没想过朝夕相处的邻居从前只有一步之遥,现在却天涯两望。

我不敢出门,生怕仅仅向前走几步,下一秒回头就再也看不见这个世界上我唯一熟悉的东西。在这一刻之前,我从未体会过什么叫真正的孤独。

和妻子还有孩子们手拉手围成一个圈,我对他们说:"我们不分开,我们永不分开,哪怕看不见你们了,但我们还能牵手。"我的妻子流了泪。她刚张嘴想说什么,我仅仅一眨眼,下一秒我就发现自己在半空中!

我的身体四肢向无尽的远方延伸。由于我的头部在上方,因此我低头只看见两条蓝色的大管子。我想,那是我的牛仔裤的颜色。我向左看去,一条肉色的管子同样延伸向远方,那应该是我的左手。我不知道为什么我还没死,理论上,我的头也在延伸,我也不知道我的眼睛此刻是什么构造,但是我觉得自己的四肢越来越长……我……觉得……我……的思维在……变慢……,不知……是不……是……神经元……的……传导……速度……跟不上……膨……胀的……速率……

但是突然,我感觉到了!有人在用手指费力地在我手心划着……我流泪了,泪水也居然是长条形的,在空中飘舞,像一条条晶莹剔透的毛毛虫,虽然我看不见,一点都看不见他们,但是我知道,他们和我在一起!他们在我手里划的几笔,虽然简短,但是所有人类都明白那个符号,那……是一颗"爱心"。

后来外星人说,他们偶然观察到这个星球在最后时间,有个奇怪现象,有许多肉色和五彩斑斓的线条相互链接在一起,在天空和地上飘荡,直到越来越细,越来越长,最后从线碎裂成点。原来世界各地有许多人,虽然语言不同,但是都不约而同地手拉手相拥在一起,走向了最后。

微科普・和你一起静止

●王元 / 文

严格来说，《地球膨胀》不算一篇完整的小说，虽然具备人物、时间、地点，但通篇都只有一个设定作为主心骨，看不到起承转合的具体事件，也没有传统意义上的发展与高潮，淡淡开始，默默终结，值得肯定和欣慰的是这个设定很棒，完全拎得起这两千字。作者以第一人称描述了一个特殊的灾难，不同于地震、海啸这些地球上常见的顽疾，也不同于外星人、机器人袭击这些科幻保留节目，而是一种看不见、摸不着的末日。事实证明，看不见、摸不着的危险更让人恐惧。

作者没有使用小说常见的描写推进情节，而是用一系列奇异现象深入这场无声无息地灾难。比如，作者用"第一天""第二天""第三天""第四天""第五天"这些序列作为标识，每天后面都缀着一个详细的场景描写，让悲伤和无助循序渐进地弥漫。最后，回归到主人公最后的告别和感受，主题升华得非常细腻、动人，不管是断断续续的语音，还是手掌的"爱心"图案，都让原本大而无当的、灭世级别的劫难在个体身上落地，引起了读者的共鸣。在小说中，因为地球膨胀，电话通话有了明显的延迟，地球像是按下了慢放键，人们的动作越来越黏滞，直到静止。主人公并没有向终极的静止投降，而是留下一个爱的尾音，绕梁不绝，在灰蒙蒙的底色上渲染了一笔明媚。最难得的是，作者没有急于夸大这种情感，用过多的描述让痛苦泛滥，而是突然画下休止符，把视角转移到文明的旁观者外星人身上，借他者之口，对已经毁灭的人类文明作了一个总结，就像我们观看琥珀中封印的远古时代的蚊蝇时发出的一声赞美或者喟叹。

恰如小说题目，这种足以扫荡整座星球的打击要从膨胀谈起。

宇宙膨胀

人类对宇宙的认识是一个漫长的过程，在最初的天圆地方说中，地球就是中心，后来逐渐发展出日心说，20世纪20年代，人们认为宇宙最大的范围就是银河系，换言之，银河系就是宇宙的全部。哈勃通过多年的观测，证实了宇宙的宽广和热闹——从单一星系到上百万星系，从10万光年的尺度到几十亿光年之遥。哈勃判断的依据是多普勒效应。当星系朝地球运动时，它的波长就会变短，看上去会发出蓝光，即蓝移；相反，星系的波长变长，它看上去就会发出红光，即红移。天文学家通过长时间关注，发现距离银河系较近的星系都在高速远离地球，整体呈现红移，宇宙不仅比人们原来设想得要大得多，而且仍在以极大的速度膨胀。星系的红移越大，则飞离速度越快，与地球相距越远。距离除以速度之比大约是一个常数，这就是哈勃常数，通常表示为H，即哈勃的英文首字母缩写。

目前，对于宇宙起源最流行的观点就是大爆炸假说，宇宙起始于一个温度和密度都不可想象的"超原子"，突然向外爆炸产生宇宙。试着把宇宙想象成一只巨大的气球，表面布满星系，大

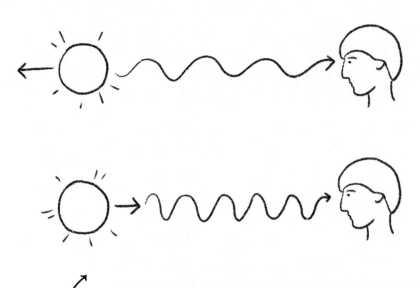

■ 多普勒效应引起的红移和蓝移

爆炸就是吹入气球的第一口气体,随着气球膨胀,原本靠近的星系会缓慢分开。前几年有一个天文界热门词汇是关于引力波的,这也是宇宙膨胀的证据之一。引力波的概念先由爱因斯坦提出,是指物质加速运动所带来的时空扰动,更文学的叫法为时空涟漪。引力波的证实也为曲率驱动提供了依据。

曲率驱动

曲率驱动,又叫曲率航行,是一种经常出现在科幻作品中的飞行模式,诸如《星际迷航》《三体》。了解曲率驱动,首先要知道宇宙存在曲率,如果把宇宙想象为一张大膜,膜的表面为弧形,甚至可能是一个肥皂泡,局部看似平坦,曲率却无处不在,我们之所以感到平坦,是受限于人类"短浅"的目光。我们站在

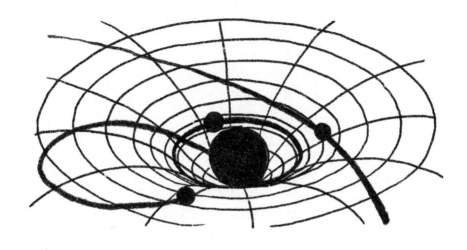

■ 根据广义相对论，大质量的星体造成了时空弯曲

地面连地球的弧度都感受不到，遑论宇宙的曲率。若缩小飞船身后的曲率，飞船则会被前方曲率更大的空间拖曳，就像形成高度差，重力才能塑造瀑布。进一步构想，还可以让时空在飞船的周围弯曲，在前方形成一个紧缩空间，后方则是膨胀的空间，飞船本身停留在由平滑时空组成的"气泡"中，内部曲率不受影响，如此一来，飞船就可以被不同曲率牵引，经过的地方就会产生引力波。

小说中，外星飞船造成的影响是地球膨胀，所有风景和人物也都被无限拉长，但如果我们被引力波干扰，就没有这么单调了。由于引力波的传递特性，会不断发生拉伸和压缩，就像拉拽和挤压弹簧。可惜人类不是弹簧，不管拉长还是压短，都不具备复原属性。幸运的是，我们的天文环境相对安全，除非站在波源附近，否则就算致密双星产生的引力波对人体的影响也大约只有氢原子的百亿分之一。不幸的是,天文环境安全,并不代表领土主权完整,就像老实听话的孩子只能保证不给父母添麻烦,却不能保证其他孩子不找他的麻烦。回到小说,地球被外星飞船产生的余波所影响,找谁说理呢?只能吃哑巴亏,把委屈往肚子里咽。等等,肚子好像不见了。

无人应答

"第三天,我和外地的朋友尝试通最后的电话,每说一句话,都需要延迟很久才能听到回复。"这是小说中的一句话,为什么会有延迟呢?就像前文所言,当膨胀作用到人体时,肉身也会被无限拉长,人们就会失去视觉,就算没有失去视觉,也看不到理论上无限远的肚子了。在此之前,人们最先感受到与平时不同的现象就是延迟。

刘慈欣在小说《赡养上帝》中写过一个场景,其中一个上帝跟他在高速航行的飞船上的爱人通信,因为时滞,两人之间相差了八千万年,视频中的爱人就像一张照片,用了三天半的时间才说完"我爱你"三个字。从地球的时空坐标来看,接近光速飞行的飞船上时间流速很慢。除了速度,另外可以造成时滞的就是膨胀。其实,其根本原因仍是相对速度。当地球快速向外膨胀时,人和人之间的距离也在拉长,以其中一个人的视角来看,另外一个人就在快速远离,如果这个速度足够快,就会造成时滞。可以想象,把这个速度增加到无限,一个人发出的问候,要穿过无限长的距离才能到达另一个人那里,而另一个人基本上没有接收的可能,也就无法应答。

小说最后,每个人的身体也开始发生变化,向四周无限延伸,明明两个人握着手,却看不见彼此。这不啻为一种极致的惆怅,比泰戈尔的最遥远的距离还能挤出人们的眼泪。欣慰的是,作者给出了一个温暖的结局,人们虽然已经看不到彼此,却因为接触能感受到对方的存在,在手心画一颗"爱心",告诉他/她:"我爱你。"

微小说·时间就是金钱

● 肥狐狸 / 文

我活了半辈子，从没见过比戴天宇先生更加勤奋的家伙。戴先生自称来自太阳系第三行星上一块神秘的东方大陆，是那个星球上小有名气的"东方犹太人"族群中的一员。据他自己描述，这个族群最大的特点是胆大、勤奋、能吃苦，加上敏锐的头脑和神眷般的商业直觉，每次总能走在潮流之前，因此几千年来在商场上无往不利。

戴先生是这当中的佼佼者，至少在勇气和开拓精神方面当之无愧——这从他当上星际贸易商的事迹就可以看出。当时，他们那个星球的星际航行技术只是刚刚成熟，未经过长程航行的检验，就连开拓者们都不敢贸然前往太遥远的星系，然而戴先生却带着他的商队义无反顾地踏上了星际贸易的道路，用他们的话说"成为第一批吃螃蟹的人"。

"我当时就想，自己的星舰再不靠谱，只要能到达第一个目的地也就够了。时间就是金钱啊，别人还在观望，我就先来了，肯定能找到机会。到时我赚了第一桶金，大不了抽出一些作路费，搭搭外星人的顺风舰，看看能往哪里发展，路子就这样走出来啦。"

说这话时，戴先生就坐在我的飞船的沙发上，吃力地啃咬着上次交易中对方赠送的小零食。当时，我的科考飞船正要从波江座天苑四赶往地球，戴先生用货物里的几块吉姆合金当作路费，搭上了我的"顺风车"。他说等不及定期航班了，时间就是金钱，赔上几块合金早一点回去，货物也会卖得更好。

他的预言实现了。回到地球后，戴先生运送的货物趁着稀缺卖出了天价，大赚一笔。我也真心替他高兴。这一路长途商旅，用地球时间计算是两百年，相当于正常人两倍寿命的长度。即使戴先生大部分时间都在亚光速的飞船上度过，时间的流逝对他来说缓慢许多，但残酷的时光老人也在他身上刻下了将近三十个年头的印记。当年那个怀揣十万元走路去采购货物的毛头穷小子，此时已经来到了人生的中途站，两鬓斑白。而他的身体更是因为长期的航行落下了病根，未老先衰，连行走都一瘸一拐的。

然而就像他说的，这条路要靠着勤奋和吃苦走出来。若不是如此拼搏，他也无法让财富飞涨将近百倍，达成自己少年时立下的心愿——成为千万富翁。

可是这天再次见到戴先生时，我几乎认不出他来。距离他大富大贵才几天，戴先生整个人却消瘦了一大圈。刚进门的时候，他头发乱糟糟，双目血红，浑身散发着酸臭的酒气，看起来就像一头愤怒的公牛。

我扶他在椅子上坐下，倒了杯冰水助他醒酒。坐了一会儿，他清醒了些，只是眼睛还是直勾勾地看着前方，仿佛背负着巨大的心事。

"剑白？"我试探着问道。

他慢慢点了点头。

戴剑白是他的弟弟，两人相差一岁。用戴先生自己的话说，戴剑白是个异类。他懒惰、放荡、不学无术，毫无远期目标，也没有任何商业眼光。同龄人都在读书的时候，戴剑白已经游走于花丛中，成为当地小有名气的花花公子。他就像一只吸血鬼攀附在勤劳的家族上，用其他人辛勤劳动赚到的钱满足自己的私欲。只是东方人极其注重血缘（剑白也许是看清了这一点），即使他已经成为家庭的负担，拖累着整个家庭从小康走向贫穷，戴先生一家依然对他不离不弃。戴先生的父亲病逝前，把家中仅有的二十万元积蓄平分给了兄弟两个，并且对戴先生交待，无论如何都要照顾好弟弟。

于是戴先生接力扛起了这个包袱。在他用不多的现金精心挑选商品，策划着人类史上第一次星际贸易的时候，戴剑白只顾着日日花天酒地，把十万元败得精光。而后兄弟两人带着商队踏上了航程。每到一个目的星球，东跑西跑做生意的那个人总是哥哥，而弟弟就流连于那些星球上的酒肆、赌场、花柳巷子，纵情享乐之后，最后还得由哥哥带着刚刚赚到的货款去把人赎回来。

而今，对兄弟两人来说都是三十年过去了，养尊处优的戴剑白挺拔健壮，步履如风，看起来比他的哥哥要年轻十岁不止。戴先生对此时常愤愤不平。当时在飞船上他就跟我说，等回到地球，他就要过自己的生活，让弟弟一个人自生自灭。

"我倒要看看，他一个有手有脚的人，没了我的钱会不会饿死。"戴先生说。

此时，我看着戴先生这失魂落魄的模样，想象不出他这了不起的弟弟到底给这个千万富翁惹出什么大麻烦。好在戴先生来到我这儿，显然也是想找个朋友一吐为快。

"你知道我那兄弟，他是个混蛋，对吧？"他说。

"对。"我点了点头。

"你也说过，像我这样勤奋的人，又吃了那么多苦，理应过上幸福的生活，而他那种寄生虫就活该下半辈子穷困潦倒，再也潇洒不起来，对吧？"

我又点了点头。以前，戴先生说他要甩掉兄弟时，我确实这么附和过。

"所以到底怎么了？"我问。

戴先生的脸涨得通红。

"当年出航前，他没能花光父亲留下的十万元遗产，于是把剩下的一万元偷偷存进银行里，买了个年利率5%的理财产品——这要多没眼光才会选这么烂的东西！然后前几天，他把这笔钱取了出来。"

"一亿八千万元。你能想象吗，什么也没做，变成了一亿八千万元。就因为这两百年里产生了该死的复利，他什么也不用干，直接变成比我有钱几百倍的人。"

他的手掌狠狠拍打着桌子，眼睛涨红得快要滴出血来。

"不公平，真不公平，真不公平！"

我看着他愤怒的样子，搜肠刮肚地找不到半句安慰的话来。星际贸易第一定理上写得明明白白：做贸易别忘了利率，而且计算利息一定记得要用宇宙历，千万别用自己飞船上的时间[①]。戴先生是我见过最勤奋的人，至今我仍要赞叹他的美德，可我也忘了提醒他，在这个时代，做生意不能只靠努力和拼命。

"我以为你清楚的。"我叹了一口气，"时间就是金钱啊。"

---

① 出自2008年诺贝尔经济学奖得主保罗·克鲁格曼所著的《星际贸易学》一文，发表于2010年3月的《经济探究》。

微科普・生财有道

●王元/文

这篇小说简单自然,读起来就像搭乘一趟火车,不经意间遇见多年未见的老友,听他平静地聊起一桩往事。听他说话,没有技巧,没有悬念,有的只是流水一般的文字,很快便把你拉回青涩的岁月。火车到站,作别,匆匆走入当下,刚才的回忆就像一颗石子坠湖,只留下一圈圈美丽的涟漪。

对于《时间就是金钱》这篇小说,那颗扰动故事的石头就是钟慢效应。两兄弟,哥哥勤奋能干,弟弟好逸恶劳,父亲去世之后,每人分得十万元遗产,两个人开启星际贸易之旅,哥哥费尽心思采购商品,弟弟只顾花天酒地,舒舒服服当一只寄生虫,败光积蓄就来吃哥哥的粮饷。星际贸易充满尔虞我诈,哥哥不但要对付那些挖空心思占便宜的外星人,还要照顾不学无术的弟弟,常常为达成一桩买卖而心力交瘁,回头发现弟弟又闯了祸,还得打起精神搭救弟弟;打起精神没什么,关键是还要搭进去不少钱财。饶是如此,哥哥凭借超越常人的努力,还是积累了不少财富,成为千万富翁。有钱了,衣锦还乡,回到母星地球,原本应该风光无限的哥哥却高兴不起来,在"我"的追问之下,哥哥吐露实情,还是因为那个不争气的弟弟,不过这一次不是怨恨,而是嫉妒。弟弟在星际旅行之前用仅剩的一万元买了年利率5%的理财产品,经过漫长的复利滚动,最后竟然变成一亿八千万元。

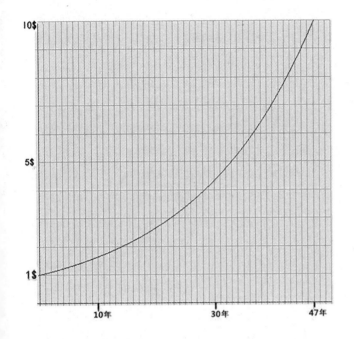

■ 复利的年利率为5%，47年的财富增长曲线

弟弟什么都没干，比哥哥什么都干了挣的钱还多。哥哥嘴上祝福，心里一定又酸又疼。

为什么？！

复杂

这是一个复杂的问题。

我们有必要了解一下钟慢效应。在更复杂的曲率或者跃迁引擎发明出来之前，这是一种保证星际航行必需的条件。爱因斯坦在狭义相对论中提出，两个运动状态不同的观测者观察同样的事件，会察觉间隔时间不同。到了广义相对论中，爱因斯坦预言引力会延缓时间。放在喜马拉雅山顶的钟表比放在大峡谷中的钟表走得更快，因为后者更接近地心，在引力场中处于更低的位置。同理，太空旅行中的钟表比在地面上走得更快。1971年，科学家为了证明这一观点，将铯原子钟放置在商业客机上进行环绕地球飞行，一次朝东一次向西，最后再将它们的时间与静置在美国海军天文台的铯原子钟进行对比，结果与狭义相对论的计算相符合。地球上过了十年，对于飞船上的乘客来说，也许刚刚过去一年，这样才能保证人们在有生之年飞得更远，进行所谓的星际贸易，不然还没飞到目的地，就提前走到生命终点。明白了这一点，才能出现小说中的计算方式：他们大部分时间都在亚光速的飞船上度过，时间流逝的速度与地球不同，地球过去了两百年，兄弟俩才经历了三十年光阴。

所以，要理解"时间就是金钱"，必须要明白"时间是相对的"。时间流逝的快慢会因为一个物体相对于另一个物体的运动速度不同而改变。如此看来，只需要像小说中弟弟那样把钱存在银行，利用时间吃利息就可以了。但事情没有那么简单，小说中也暗示弟弟没有哥哥那样的商业头脑，只是误打误撞行了大运。我们还得看看弟弟是怎么挣的钱。小说点出，因为两百年里产生了复利，一万元变成一亿八千万元。这似乎跟我们平时储蓄的印象颇有出入，我们一起来算下这笔账。

■ 时间就是金钱

复利

复利是指一笔资金除本金产生利息外，在下一个计息周期内，以前各计息周期内产生的利息也计算利息的计息方法。由于复利是对本金和产生的利息一并计算，因此也称作利上有利。

复利有一个计算公式：$S=p(1+i)^n$，我们可以看到，有一个指数，但不能因此说，复利就是指数级增长。如果真有天下掉馅饼的好事，人们都不用上班，拿出本金，在家坐等就好，事实上，大部分人都会坐吃山空。我们回到公式本身，S是收益，p是本金，i是年回报率，n是投资年限，套用这个公式计算一下弟弟的收益，p是一万元，i是5%，n是200，计算结果为172 925 808.15元，还真是约等于一亿八千万元。如果留心，我们会发现，复利的计算越往后威力越大，指数发挥的作用越明显。

在现实生活中，星际旅行还只是科幻小说的概念，接近光速也是想象而已，我们很难拥有200年的时间去投资，如果能持续投资50年已经算是长久持有。50年的收益一共是114 674元，跟一亿元相差甚远，但是"子子孙孙无穷匮也"，把这份投资当成传家宝，200年也不是难题，到时候等于给子孙留了一笔巨款不是吗？还真不是。我们还要考虑i，小说中5%的年回报率其实并不高，现实生活中也能找到类似产品，但是基本上所有产品的年回报率都是不断变化的，某些年份可能是负数，一次损失就可能抵消过去几年的增值。像弟弟这种200年保持5%年回报率的产品也许存在，但概率非常小，所以，这笔钱离不开200年和运气。

小说最后给出了星际贸易第一定理，还煞有介事地标注出处，这并非作者杜撰，还真有一篇相关论文。星际贸易第一定理：相同惯性坐标系的星球间进行贸易的时候，利息的计算应该采用星球惯性系的时钟，而非飞船系的时钟。但后面还有第二定理：由于贸易竞争的存在，相同惯性坐标系的星球将逐渐趋于同一利率。《星际贸易学》的作者保罗·克鲁格曼还在文中表达了以下观点：星际贸易与国际贸易并没有本质上的区别。在星际贸易中，漫长的旅途杜绝了简单的套利行为，商人们甚至无法即时操纵自己在异星的财产。

但凡贸易就一定存在风险，更不用说星际贸易了，除了经济的圈套，还要考虑身体的不适。小说里提到哥哥的身体因为"长期的航行落下了病根"，这可不是危言耸听。为了挣钱，商人要冒着伤身体的风险。

复健

我们在地球进化了上万年，每一处微小改良都是为了更加适合地球的环境。外星与地球环境可不一样，甚至大相径庭，低重力或者高重力都有可能。当人类的脊椎不再受到地球引力牵引时，椎骨将会膨胀和放松，使宇航员实现增高。然而，这种身高的增长只是临时变化，不必羡慕。一旦宇航员返回地球，他们的身高将在几个月内恢复正常。整个过程并不好受，也非完全可逆，就像按压弹簧这么简单，增高又复原的过程会对人体造成非常大的损伤，宇航员在微重力效应下脊髓灰柱也会发生变化。奔波于各个星系的商人，最终还是要回到母星休养生息，而他们要做的第一件事或许就是复健。

这告诉我们，做任何事情都要付出辛苦和代价，不劳而获的思想大多数时候只能换来一场空，切不可取。老祖宗把话说得非常明白，时间就是金钱，让我们珍惜时间；还说，君子爱财，取之有道。

微小说·跳

● 王元 / 文

1

我的妻子自怀孕后就开始失眠,而且,她是ㅓ①话痨。每天晚上想到陪她聊天我就头疼,不过今天我很庆幸,庆幸不是说她顺利睡着,而是我有想要倾诉的话题。这件事我必须找ㅓ人说说,不然我会像不断填补面积的气球一样崩坏。

"我们抓住一ㅓ企图盗窃金库的罪犯。"哦,我是一ㅓ刑警。

"企图?也就是说未遂。那你们是怎么发现他们的?在他们策划盗窃金库之时还是准备动手之前?"

"等等,我刚刚说了一ㅓ,怎么成了他们?"

"一ㅓ人?"妻子的声调明显蹿高,"一ㅓ人盗窃金库?这怎么可能。起码得有一ㅓ把风的,一ㅓ开车的。这是常识。"

"你从哪儿看到的常识?"我揶揄她。

"这还用从哪儿看到吗?地坦人都知道。"她一副理直气壮的样子,让我有点忍俊不禁。其实,她说得没错。打劫一个小金行,一ㅓ人一把枪就能搞定。但那可是守卫森严不透风的金

---

① ㅓ,文中二维人所使用的量词,相当于我们所说的"个",但仅应用于修饰人称。

库,不是一个人能完成的事。这正是我急于倾诉的原因。"

"听你说,还是听我说?"我故作生气,"重点不是这些,重点是他被发现的时候,已经在金库里面了。"

"监守自盗啊!"

"喂喂喂,请停止你漫无目的地妄自猜度,什么就监守自盗,根本不是那么回事。报警的正是金库的管理人员,他早上例行检查时,在金库发现了罪犯。管理人员当时就吓傻了,以为他是幽灵。"

"这有什么值得大惊小怪的。"

"如果我告诉你,这是号称地坦最最坚固和安全的金库呢?金库由两个正方形组成,外面那个正方形边长为20公厘[①],里面那个边长为10公厘。你知道这意味着什么吗?意味着这个金库足足有5公厘厚的隔离地带。除了那扇大门,根本没有穿透的可能。你猜怎么着?他就这么凭空出现在金库里面,而金库的大门完好无损。"

"这到底是怎么回事?"

"明天开始审讯。"

2

"没有想到,他竟然是个外科医生,而且,他完全没有任何作案前科,最主要的是,他的医术非常高明,很受人们尊敬。我想不明白,这样一个人怎么会做出那种以身试法的勾当。他看上去是个聪明人。"第二天晚上,我把案件的进展讲给妻子听。

---

① 公厘,二维人世界中的度量单位。

"这个很好理解,越是生活品质优越的人越容易犯下不可挽回的错误,因为他们有胆量,也有手段,更有能力。不过,重点不是他的身份,重点是他怎么进入金库的,你们问出来了吗?"

"重点还真是他的身份,至少他自己是这么认为。"

妻子难得保持了沉默,等待我继续说下去。

"他说,从业二十年以来,他做了上万例手术,帮助上万外患者重获新生。我以为,他强调这一点是为博取好感,但我完全搞错了。他只是在描述一个前提。他是外科医生,并主持了上万例手术。"

"前提?我看不出来这跟他盗窃金库有什么因果关系。"

"要想知道他怎么进去的,必须得从外科医生和做手术说起。他说,从上个月开始,他偶然间发现一个奇怪的现象。我们都知道,外科手术嘛,免不了要开膛破肚,取出身体里面的渣滓,缝合器官上的缝隙。呀,说到这里,我有点饿了。你饿吗?"

妻子嘟着嘴:"明知故问。"

我当然知道怀孕以后就不能进食,这时候忙于下延的通道缺乏消化能力。

我去食物仓找了点奇奇果,一粒一粒塞进去十粒。我真的饿了,今天一天都在忙着审讯,都没顾上好好吃饭。

"他说从上个月开始,他突然发现自己可以一目了然病人的身体内部。等等,不要着急张大嘴巴,这还不是最奇怪的,最奇怪的是他无须刺开闭合的曲线,就能够精准地找到患病的器官,然后进行手术。"

"那他怎么进的金库?"

"明天就知道了。"

3

　　一大早，我就被通道的绞痛疼醒，看来是昨晚贪嘴惹的祸。我把进食的嘴贴合在马桶上，将果壳和消化不良的果肉一起排出。

　　出乎意料的是，我回到家，妻子并没有立刻上来问我审讯的结果。我来到卧室，发现她正在分娩。这是我们的第一只孩子，我多少有点紧张，但完全帮不上忙，只能旁观。自怀孕以来，她的通道就开始下延，如今已经来到身体的边缘。这条我们吃饭又排便的通道把她的身体一分为二。这里面一只是我的妻子，一只是我的孩子。我忙前忙后，收拾清楚这一切后，累得直接睡过去了。半夜，只剩下原有身体面积三分之一的妻子把我推醒，"结果怎么样了？"

　　"什么结果？"我迷迷糊糊地说。

　　"那只外科医生啊。"

　　"哦，哦。别理他了，他就是只神经病。我们都被他耍了。倒是你，你以后都是这么小，还是就这几天？"

　　"当然是这几天，我慢慢会长出新的通道，面积也会变得跟以前一样大。"

　　"辛苦你啦。"

　　"快告诉我，他到底是怎么进入金库里面的？"

　　"你猜他怎么说，他说他是跳进去的。这不是无稽之谈吗？"

4

　　他始终不肯老实交代如何进入金库，但他的行为已经构成犯罪，我想他至少有几年不能拿手术刀了。

妻子在产后变得嗜睡，她的面积在疯长。我们的孩子也在保育仓里面开始变形。一切平静又安详。

但是没多久，一则内部消息在警局引爆，那爿外科医生越狱了。这种情况并不常见。在此之前，有人曾钻透狱房的墙角，然后强行把自己分割成几条线段，从监狱中逃逸，但是那爿外科医生所在的狱房没有破坏的痕迹。换句话说，他凭空消失了。

我们的孩子开始进食，我要教他如何用同一个缺口吞咽和排泄。这让我头疼。偶尔，我也会想起那爿在逃的外科医生，也许他真的跳出去了。谁知道呢！

微科普·二维、三维、十一维

● 王元 / 文

　　想要理解这篇小说，有一个非常简单的办法，我们可以拿出一张白纸、一根签字笔，在纸上画下一个同心圆。这就是小说中坚不可摧的金库。是的，没错，小说描述了一个二维世界。故事的主人公是二维世界的警察，他破获了一起离奇的金库盗窃案。作案者是一位外科医生，他经过成千上万例手术的淬炼和洗礼，突然发现自己获得一种异于常人的天赋，可以脱离平面，来到空中，站在三维空间，二维生物的脏腑一目了然，他可以不用开膛破肚就能切除病灶。利用这项特殊技能，他所向披靡，任何障碍对于他来说就是一根画在地上的线。当他被关进监狱，人们都以为万事大吉的时候，他轻松跳出了密不透风的牢房，消失得无影无踪。从严格意义上来说，只要他进入三维世界，对于二维世界的居民来说，就等于凭空消失。他去了哪里？可能远在天边，也可能近在眼前，即使他就在你脑袋上悬浮，你也看不到，因为二维世界没有高度的概念，人们无法抬头。

　　小说除描写这个拥有"特异功能"的外科医生外，还刻画了一场惊心动魄的分娩。作者设想，二维人的生产其实就是分裂。我们常说，孩子是母亲身上掉下来的一块肉，用来比喻母子情深，但对于二维人，孩子不仅是一块肉，而是身体的一部分面积。还有一个细节非常有趣——或者说恶趣味——二维人进食和排泄使用同一个出入口,这也是没办法的事,如果二维人跟人类一样拥有口腔和肛门,还有一条贯穿身体的肠胃系统,那么他们就会一分为二,类似人类的腰斩。

有些人把蚂蚁当成二维生物,蚂蚁显然不是,因为我们在纸上画一个迷宫,根本不能困住蚂蚁。如果真的存在二维世界,二维人会是什么形状,又怎么生活呢?

铅笔小人

《铅笔小人》是科幻作家刘洋的一部短篇小说,正式发表时名称修改为《二维战争》,讲述的是主人公在旧日记本上发现一群铅笔画的小人以及他们活过来产生文明的过程。在这篇小说里,刘洋为小人设计了一套符合当前物理规律的生存法则,还让他们跟人类的进化过程一样,发现了火,并且分成不同种族,又发生战争。作为一个三维生物,我们很容易想象二维世界,任何平面都能被当成一个国度,但想象二维生物并不简单。

描述二维世界的作品很多,其中《平面国》绝对是佼佼者。在这部又像小说又像关于空间几何知识的科普读物中,作者非常详细地刻画了二维世界的居民和他们的生活。在"关于平面国的居民"这一章,作者设计了不同人群的形状:最高身高约为十一英寸,十二英寸是绝对极限;妇女都是直线;士兵和工人都是等腰三角形,顶角尖锐锋利;中等阶级由等边三角形或正三角形组成;专业人士和绅士阶层包括正方形和五边形;贵族也分级别,每高一个级别就增加一条边,直至接近圆形——这是求圆的面积和圆周率最基本的方法——这是平面国的最高阶层。

也许读者会产生疑问,三角形也好,圆形也好,都是从三维世界看到的结果,对于平面上的人来说,他们看过去只能看到不同的长短的线段而已,假设妇女是一条直线,再假设这条直线与你的眼睛平行,那么你看到的可能只是一个点。《平面国》的作者也有同样顾虑,在"关于我们如何彼此辨识"这一章,作者给出了三种方法:听觉,不同形状和面积的发音不同;触觉,经过训练,平面国的居民只需触摸一条边,就能断定对方的阶级;视觉,通过视觉能够精确分辨角度。在后面的章节里,作者又详细介绍了如何利用几何方法辨认出某个而非某类人。

对于任何一个积极向上的族群来说,其都会想要发展自己的文明,就像我们的祖先走出非洲大陆,就像哥伦布远航,只有不拘泥于脚下的土地,才能获得发展。二维世界的文明要想获得翻天覆地的变化,唯一出路就是跳出来。

■ 把一根纸条扭转180°后,再把两头粘接起来做成纸带圈。普通纸带圈具有两个面(即双侧曲面),一个正面,一个反面,两个面可以涂成不同的颜色;而这样的纸带只有一个面(即单侧曲面),一只小虫可以爬遍整个曲面而不必跨过它的边缘。这种纸带圈被称为莫比乌斯带(即它的曲面从两个减少到一个)

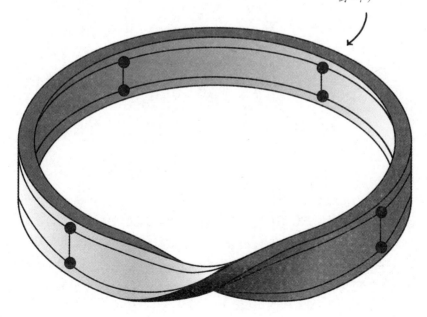

从二维到三维

自从《阿凡达》开始,电影工业就掀起一场技术革命,几乎所有的电影都采用三维技术,让观众切实感受到了"身临其境"的效果——从二维的屏幕走进三维的现实。但真正的二维生物想要进入三维世界可不容易。

二维世界意味着三维空间在一个向量上尺度为零,通俗的说法就是没有高度,数学上表达就是只有X轴和Y轴,没有Z轴。三维世界中的定律到了二维世界可能都会崩坏。二维世界中,电荷产生的电场不再是距离的二次幂指数函数,点电荷的电势场也会改变,原子周围的电子轨道也会发生变化。简单地说,二维世界会有一套逻辑自洽的物理学,二维人在他们的物理学家的带领下逐渐认识世界,寻找另一个维度,进入三维。整个过程就像我们的祖先对太空的开发,离开地面,离开地球。但有一点需要注意,如果两个世界的物理规则不同,贸然从二维世界进入三维世界,可能会造成非常可怕的后果,比如个体分裂,不再像正常分娩那样循规蹈矩的分裂,而是四分五裂。我们对太空的探险仍然囿于三维之内,如果来到四维世界,会发生什么谁也说不准。

从三维到十一维

通常,人们把时间也看成一个维度,如果把时间比作一条河流,我们这些三维生物都是漂浮在河中的生物,只能随着流向往前,而四维生物则可以来到河岸上,可以沿着时间之河向前或者退后,来到任意时间点。还有的观点认为,四维是另一个维度,就像三维俯瞰二维一样,四维凌驾在三维之上,就像我们能一眼

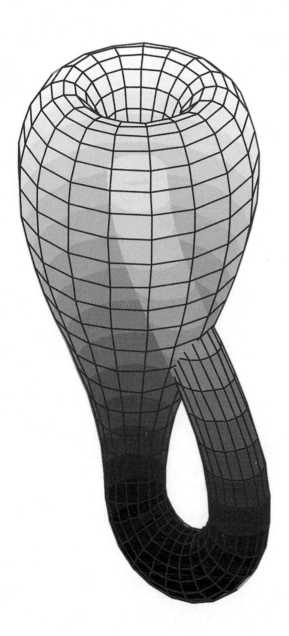

■ 与莫比乌斯带同样神奇的还有"克莱因瓶"（Klein Bottle）。克莱因瓶是指一种无定向性的平面，比如，二维平面就没有"内部"和"外部"之分。克莱因瓶和莫比乌斯带非常相像，结构也很简单：一个瓶子底部有一个洞，现在延长瓶子的颈部，并且扭曲地进入瓶子内部，然后和底部的洞相连接。与我们平时用来喝水的杯子不一样，这个物体没有"边"，它只有一个面

看到二维生物的肌理，四维生物也可以轻松透视人类，在这个观点之下，三维生物也可能是四维生物的投影。正如柏拉图的洞穴寓言，不能回头的囚徒一定以为真实世界就是石壁投影。这个寓言的伟大之处在于，它把一个三维生物困在二维世界，也许我们也是被困在三维世界的四维生物呢？想要打破这个猜想或者桎梏，只能跳出三维。

　　关于宇宙到底有多少维度的问题，多少年来一直争论不休。有人笃信三维，我们的世界就是我们的世界；有人认为是五维，超弦理论可以展示到这个维度，如果能够直视到第五维度，我们将看到一个与自己的世界略有不同的世界，这将使我们能够衡量我们的世界与其他可能的世界之间的异同。《星际穿越》就展示了一个五维空间，精美绝伦得让人窒息，但那只是电影，不是现实。更普遍的说法是宇宙有十一个维度。

　　一个自然而然的问题，如果宇宙有十一个维度，我们怎么看不到？简单地说，因为其他维度蜷缩起来了，或者说紧化了。就像我们把一张纸卷起来，二维世界就会变成三维，但是生活在平面上的二维生物不会察觉卷曲，可能连曲率都无法发现。这是一个漫长又复杂的探索过程，不管是我们，还是二维世界的居民们，都要努力开拓。当然，我们还要时刻提防来自高维度的恶意，从低维到高维不容易，但反过来就简单多了，就像我们可以轻松捏死蚂蚁，就像刘慈欣在《三体》里写的歌者文明，只用一块二向箔就对太阳系实施了降维打击。对此，我们只能祈祷。

微小说·长城长

● 游者 / 文

望着天上明亮的凝棺,我的思绪仿佛回到了十五年前。

那是一个跟今天一模一样的宁静夜晚,开普带防线被M星人攻破了。人类边防军的终极计划是将这群来自奥特星云的入侵者阻挡在海王星轨道之外。遗憾的是,天然的屏障优势并没有发挥理想中的作用,M星人的舰队就像随手踩碎挡路的鸡蛋那样,摧枯拉朽,碾压而来。

那片星域本是彗星的摇篮,而人类最后的希冀也像那些小行星的碎屑一样,如烟花绽放在真空里,点点熄灭。

"意料之中的事。"导师用他疲倦不堪的嗓音说,"东方帝国铸造长城花了几千年时间,最终也没能挽回衰亡的命运。马其顿防线……不提也罢。如果你去过那些遗迹就知道,无论看起来多么坚不可摧的工事,都不是永不可破的。攻破,那只是时间问题。"

我当然去过长城,那些伟大的奇迹在今天早已变成人们任意骑踏的大型文物。

"老师,你忘了,我出生在那里。"

他点点头,并没有停下手中的动作,说:"好了,已经进入最后环节,但愿我们正在做的事情有用。"

"启动了。老师。"我小声提醒。

"如果没用,最终结果就只能是那样。"不用导师解释,我也知道背后直播频道的画面是什么——密密麻麻的核弹井。

一片涟漪在无边的夜色中徐徐散开。M星人的入侵舰队好像迎面撞上了一堵透明的、黏稠的墙,被悉数凝固在了宇宙那如墨般深邃的背景色中,接着,以一种不可思议的速度腐朽,崩溃,瓦解,消失得无影无踪。

我和导师疲惫地倒在沙发上。

"长城,一定要有实体吗?"

任何文明都有自身无法逾越的局限,正如蚯蚓走不出简单的T字形迷宫,正如匈奴人千年以来只能望城兴叹。

"时间防线"是超越了M文明的技术,属于另一个维度。如果用长城作比喻,它就是挂在天宇之上的四维长城。它的规模远超万里,它的身姿也不再是蜿蜒的带状。没有人知道入侵者会不会卷土重来,由于无法突围时间,舰队覆灭的消息不知多久才能传回它们的母星。导师用毕生的心血换来了人类短暂的安宁。

"时间防线"不是没有缺憾,"防线"内的时间被加速到极限后再也没能恢复正常,后遗症是留下了一层位于地球上空永久的时间停滞带。无论是从外部还是从内部,一切有实体的物体只要靠近这层无形的球面就会被"永久地粘滞"。

这种毁灭性的技术最终没有在各国普及,因为导师早已把全部资料和仪器悉数销毁,没有丝毫犹豫。

导师从来不是一个毁誉参半的人,他只留下了一世骂名。

"竟然有人会做出这种事!主动把自己围在套子里?像个懦夫!"

"闭关锁国的愚蠢行为竟然在今天重现了……"

"如果我们启动所有的核武器,是完全可以给外星人些厉害尝尝的！"

　　"愚蠢"——这是贴在他身上的唯一标签。他默默地承受着全世界的误解，直到去世。

　　葬到"时间防线"，几乎是所有人的决定，就让那个傻瓜的遗体永远躺卧在凝固的时间中，让人们唾弃吧。

　　但在我看来，那水晶凝棺象征着不朽。

　　去世之前，导师一文不名，却把自己唯一的遗产交付给我——他的女儿。现在，十五年过去了，我尽心呵护着这份无价的宝藏，并且已经有了新的传承。

　　我拉着孩子的手，登上一级级青石台阶，来到高耸的烽火台。在今夜的长城，可以清晰地看见导师化作的星。

　　我擦擦眼睛："你将来想做什么呢？让我猜猜，是最热门的时间方向吗？"

　　"我才不要去做那么无聊的事情呢，现在不是已经有了通过衍射绕开时间壁障的手段了吗？我想多了解那些更有意思的东西。"孩子眨着眼睛说。

　　我叹了口气。并不是所有的人都有大出息，就好比脚下密密麻麻的青石，有的筑就雄关，有的铺为石阶。

　　"好，好。"我胡乱敷衍着，心里突然安宁起来，做自己有什么不好？这是他的选择。就像我，想象不出还有什么比时间壁障更有趣的东西，却无法说服自己的孩子。也许，这就是我心中的那堵围墙吧。

　　"爸爸，你说，我们的宇宙为什么是有限的呢？"

　　我一怔。

　　漫天星光之下，仿佛又看到导师的影子。

微科普·无法跨越的时间

●王元 / 文

《长城长》这篇微小说非常传统，在紧凑的篇幅之内，做到了面面俱到，而不只是抖一个与科幻有关的机灵，结尾还有引人深思的升华，实属难得。小说选取的题材和角度也跟传统科幻小说一脉相承，外星人攻击地球，科学家挺身而出。阅读这样的作品总能让人找到一些仰望星空的感动。刘慈欣曾说过："好的科幻小说应该使人们感受到宇宙的宏大，让他们在下夜班的路上停下来，长久地仰望星空。"

外星人并不知道，他们拯救了多少科幻小说，半个世纪之前，外星人题材的科幻小说就已经被认为缺乏创意，但是直到今天，科幻作者们仍然钟爱这个题材，而且总能玩出点新花样。（《三体》就是外星人侵略地球的戏码啊！）

因为篇幅限制，所以作者没有把外星人展开，我们只知道他们来了，地球文明告急，重点在于如何预防，而不是反击。两个文明的火力通常不对等，不是你一枪，我一炮，很多情况下都是一方赤手空拳，另一方洲际导弹。遇见这种落差，能做的只剩自保，当然，这往往需要付出惨重代价。作者设想了一种用时间制成的长城，一种时间壁障，任何接触时间壁障的物体都会被黏在上面，无法穿过。这样一来，保护了岌岌可危的地球文明，同时也把人类限制在地面上，失去了遨游太空的权利。小说最后，有两个细节需要注意,第一是作者提到绕开时障的方法,第二是小孩的终极提问。下文,我们慢慢展开,在这里要说的是,天真无邪的小孩往往可以让成年人无言以对,他们的思维对成年人来说过于非线性,把他们想象成与我们朝夕相处的外星人也无不可。如果他们观看这篇小说,最感兴趣的问题估计是外星人长什么样。

■ 很多影视剧中的外星人都差不多长这样

外星人来了

在众多科幻作品中,外星人的长相不一而足,但大都遵循一个标准:在以人类为蓝本的情况下尽量弄得不像人类。这句话读起来有些拗口,却不难理解。首先,我们在创造外星人形象的时候难免会受到我们自身的影响;其次,为了突出外星人与人类的不同,把他们的外观弄得乱七八糟,四肢变成六肢,五官不再集中到面部。这样,一个外星人套餐就新鲜出炉了,然而我们应该关心的不是外星人长什么样——都要沦为盘中餐了,还在乎食客的嘴脸吗——而是他们的文明程度以及武器。

在《长城长》这篇小说中,外星人撕裂了开普带防线。开普带是跨越海王星轨道、距太阳30~100天文单位的一个圆形区域。正如文中所言,这个地带是一道阻碍外星人行进的天然屏障。作者用中国的长城和法国的马其顿防线来作说明,无论这些工事多么坚不可摧,但都可以被攻破,一切只是时间问题。唯一不可攻破的是时间本身。所以,为了挽救人类文明,人们引爆无数核弹井,祭出一道用时间做成的壁垒。那些外星飞船一旦撞上去，就像苍蝇撞上捕蝇纸，有去无回。这堵看不见的墙，成功抵御了外星人侵袭，同时，也包裹住了地球上的原住民，把地球变成了一颗巨大的琥珀。

时间陷阱

"长城，一定要有实体吗？"这是小说发出的诘问，同样也给出了回答。这到底是怎样的四维长城？作者写道，防线内的时间被加速到极速，我们可以理解为，这里所谓的屏障其实根本不存在，只是时间流速加速到极限。打比方说，那里面的一秒相当于地球上的一年，甚至一万年，所以外星飞船看起来似乎是黏在上面，然后以不可思议的速度瓦解。

冻结时间的概念早已有之。科学家在尝试用正则量子化将爱因斯坦的广义相对论转化成量子理论时产生了"时间冻结难题"。正则量子化方法用于电磁理论非常契合，用于相对论时，则会导出一个不含时间变量的方程。这个方程预言了宇宙中的时间会冻结。科学界还有一个有趣的观点，称时间从未流动。这听起来像是哲学家干的事，用深奥的理论把人绕晕。但率先提出这个理论的的确是一位科学家，而且是非常伟大的那种。爱因斯坦曾在给朋友的信中表露过这一观点："过去、现在和未来仅仅是一种错觉，虽然是极为顽固的那种。"爱因斯坦这么说并非心血来潮或者玩一把文艺腔，而是源自他的狭义相对论。"现在"这一时刻并不具备任何绝对而普遍的意义。"同时"是相对的，在一个参考系下同时发生的两件事，从另一个参考系观察，可能发生在不同时刻。我们之所以感受到时间向前，是因为世界上的事件构成了一种单向序列，而这种序列不可逆，比如水杯摔碎、食

■ 说到长城，我们脑海里反应的肯定就是这个画面（图片来自 Rux）

物被吃完。这又涉及热力学第二定律，封闭系统的熵会随着时间上升。研究时间最有趣的地方就在于，我们可能永远无法真正认识时间，每一次所谓的飞跃，也许从另一个时间尺度来看，不过是原地踏步。

关于如何跨越小说中设定的时间壁障，作者也提供了一种方法，即衍射。一些科幻迷可能会想起刘洋的小说《单孔衍射》，在那篇妙趣横生的小说中，也出现了时间壁障，对付的方法就是在上面打一个小孔，把人类传送过去。《长城长》这篇小说没有对这种现象进行详细解释，不过应该跟《单孔衍射》的方法不同，并不需要在时间壁障上面打洞，而是通过衍射这种方法绕过时间壁障。毕竟，衍射又称为绕射，本来就是指波遇到障碍物时偏离原来直线传播的物理现象。

时间壁障的防御措施看起来有些作茧自缚，这道人为的屏障把人类圈养在内。小说最后借小男孩之口抛出一个终极问题，即宇宙为什么是有限的？言外之意，宇宙是不是也被我们目前无法掌握的技术限制了边界？

宇宙边缘

作者得出这个结论是基于宇宙有边界的假设。是的，只是一个假设。关于宇宙是否有边界，目前尚无定论。人类对于宇宙的探索少之又少，而我们所能探测到的宇宙只是可见的物质，占比只有5%，剩余的95%都是未知的暗物质和暗能量。如果把宇宙比作汪洋大海，人类不过是一群鱼虾，或许只是鱼虾捕食的浮游生物。

可以确定的是，宇宙一直在以光速膨胀，天文学家目前已经观测到距地球420亿光年远的地方，这样的距离并不是极限。鉴于人类文明大概永远也不能追赶上宇宙膨胀的速度，也可以认为我们无法到达宇宙的边界。换句话说，我们被框在宇宙之中。这看起来似乎没什么，但对于一些物理学家和科幻作家，这其实是最大的悲哀。每每想到这样尺度的球笼，他们不免发出一声喟叹。

微小说·逆熵之水

● 漩涡 / 文

他们走了，只留下这一瓶水，纯净透明，和普通的纯净水看上去没有任何区别。他们称之为逆熵之水，据说有逆转时间的功效！

萱萱尝试把神奇的水涂在一块小时候用过的橡皮擦上。橡皮擦的颜色开始变亮，掉落的橡皮渣不知从什么地方聚集过来，贴到橡皮身上，也就十几秒的时间，橡皮擦神奇地变回了崭新的橡皮擦，连塑料膜都是新的。

萱萱兴奋地把神奇的水涂在自己的衣服上、书本上、书包上——所有的东西都变成崭新的了！这简直不可思议，既然可以把东西变得崭新，那么其他东西也应该没有什么问题！

倒出来一点滴在手上，感觉凉凉的，非常舒服，她直接用水涂在两个手掌上，神奇的事情再次发生了，手上的死皮角质都没有了，皮肤颜色变得红润起来，前几天擦破的地方也完全好了，皮肤看起来就像是婴儿的皮肤那样细腻。

萱萱非常激动，她继续尝试，把水涂在爷爷使用了几十年、已经有了包浆的紫砂茶壶上，茶壶的颜色变得暗淡了，包浆开始消失，她又涂了一些上去，茶壶上的包浆就全部消失了，立刻变得崭新，如刚刚烧制成的。她兴奋地拿去给爷爷看，结果差点把爷爷气得背过气去："我这把玩这么多年的老茶壶都让你给我毁了！"

小女孩吓得赶紧逃了，她去找正在化妆的妈妈，把水涂在妈妈的脸上，妈妈的皱纹立刻消失了，皮肤变得和十五岁的自己一样好了，妈妈高兴地照镜子，简直不敢相信自己的眼睛。

萱萱想着自己可以开一个化妆品公司了，容颜永驻可是女人的终极梦想啊！萱萱越想越兴奋，高兴得几乎要失眠了，她抱着神奇的水瓶开始幻想着一个所有人都不会老去的美好世界，要怎么做呢？也许应该先找个专家来出出主意。

第二天，萱萱就找到了专家。

专家听到"咚咚咚"的敲门声就去开门。

"你好，小姑娘，你找谁？"

"你好，老头子，我找专家！"

"我就是，请进。"

专家听了她的描述觉得这个女孩脑壳坏掉了，直到她一气之下把专家的一个青花瓷花瓶打碎了。

专家鼻子都要气歪了，今天真是倒霉，遇到这样一个倒霉孩子。可就在他为自己的花瓶惋惜的时候，神奇的一幕发生了，只见萱萱拿出一个小喷壶，对着花瓶碎片喷了喷，那些碎片就纷纷聚集起来，然后自己回到了书架上。

专家好不容易才平复了心情，颤抖着说："萱萱，你的这个发现太伟大了，可以改变整个人类的未来，何必去做化妆品呢，这种水还有多少，我们要认真研究研究。"

萱萱这才意识到，逆熵之水已经剩得不多了，只有一瓶底了！

"呜呜呜，只剩下这么点儿了，我什么都干不了了！"

"嗯，先不要着急，根据我的分析，这种水或许只是一种介质,真正的逆熵机制我们都不了解!"

"呜呜呜,我还是想要开个化妆品公司!"

"别担心,萱萱,既然只是介质,那就和其他水没有本质区别了,我们可以试试勾兑一下!"

专家同萱萱一起将逆熵之水滴入一个装着普通水的旧瓷碗中,神奇的事情发生了,仅仅滴了一滴,瓷碗就迅速变得崭新了。

看着这神奇的瓷碗,萱萱破涕为笑:"我的化妆品公司可以开业啦,哈哈哈!"

"先等等,我总觉得哪里不对!"专家若有所思。

突然,像是想到了什么,专家变得紧张起来,"不不不,萱萱,我们不能这么做,逆熵之水必须被封存起来,你不能带走这些水!"

"不要动,千万不要撒了,快交给我!"专家的精神高度的集中,像是遇到了不得了的事情。

"哼,真没想到你是这样的人,这是我发现的,你休想骗我。我不会给你的!"

"不不不,这个关系重大,不是你一个小女孩能决定的……算了,来不及跟你解释了。"专家说着紧张地去抢夺小女孩手里的瓷碗。

"啪!"瓷碗打碎了,碗里的水泼了专家一头,专家怔住了,嘴里念叨着:"完了,完了,全完蛋了!"

专家怔了有四五秒,然后径直的朝着门口的方向走去。

萱萱紧紧握住了剩下的水瓶,一步步退到门口。

"你好,小姑娘,你找谁啊?"

萱萱一愣,这专家是着魔了还是想要套路她,萱萱的大脑飞速转动，突然豁然开朗，然后差点没笑出声来。

"噢？我……对不起，敲错门了。"萱萱突然想到，刚才的逆熵之水让专家的思维回到了她刚进来的时候！

一年以后，萱萱的化妆品公司终于开起来了，生意出奇地好，毕竟世界上一半消费同女人永葆青春的欲望有关。

萱萱为逆熵之水申请了专利，她每天只配500毫升，分装成5毫升的精装小瓶出售。逆熵之水因为效果显著而且没有任何副作用而遭到疯抢。直到后来，市场上出现了仿制的逆熵之水，效果竟然同她的逆熵之水一模一样，萱萱发觉哪里似乎不对劲。

一个阴沉的午后，街道上满都是雨水，萱萱望着乌云同白云分开，她突然想明白了，原来专家是这个意思：如果逆熵之水混入了大自然的生态系统，后果将……

大雨滂沱，雷声轰隆隆地响起，天空中划过一道闪电，在萱萱眼前，雨水一滴滴从地面向空中飞，聚集成乌云！

萱萱向后退了一步；

他们来了，带走了一瓶水；

第一只恐龙从地面走入了海洋；

第一个单细胞生物分裂为蛋白质浆；

有机物分解成无机物……

"快看，逆熵攻击试验奏效，地球文明消失了。"

在银河系的另一端，他们欢欣鼓舞地庆祝实验成功，这标志着一种完全符合该文明道德观的文明清除方案诞生了。

微科普·没那么简单

● 王元 / 文

故事本身并不复杂，有些童话和寓言的味道。人物形象都比较鲜明和对立，对话也颇有趣，符合这样的人物设定。一个不谙世事的小女孩，从不明身份的人物那里得到一瓶神奇之水，这样的剧情安排，有一些"话说从前"的意味，非常自然地勾起读者的兴趣。这瓶水作为贯穿始终的道具，拥有神秘莫测的魔法，就像坠落悬崖之人非但大难不死还邂逅高人并获赠绝世武功。这瓶"魔水"可以实现局部的时间穿越，滴到用过的橡皮擦上，橡皮擦完好如初，滴到脸上，皱纹消失，青春恢复，破碎的可以重圆，逝去的可以重生。小女孩的想法也非常天真，找专家商议开发，得知"魔水"可以勾兑的法门，开始大肆销售，牟取暴利。结局也跟寓言如出一辙：历经千辛万苦的平民得到眷顾，任意挥霍从天而降的财富，最终受到惩罚。小女孩因为贪心酿成大祸，祸害的还不仅是她自己的人生，还要搭上人类文明。

其实也不能把所有的错都让小女孩扛，她的贪心只是肇始，她被选择也是随机事件，从她身上折射出人类总是妄想成功又不愿付出相应努力的本性。小说跟寓言一样，把一个老生常谈的是非观通过生动的叙述展示给读者。从某种意义上来说，科幻小说的确有类似成分，之前很多书商划分归属，都把科幻小说看作儿童文学的子类——可能因为科幻小说总是呈现出与现实割裂的姿

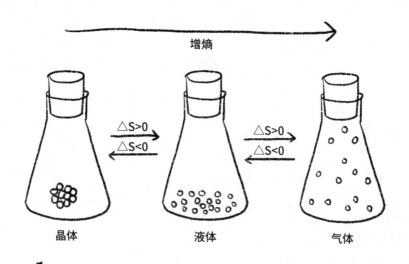

■ 从晶体到液体再到气体的变化中,熵（S）在不断增加;反之则在减少（△S表示熵的增量）

态。科幻小说虽然天马行空,总归有落地的理论支持,所以小说中的"魔水"有另外一种称呼,即逆熵之水。

水,大家都熟悉,它在人类生活中必不可少,但什么是逆熵?

熵与逆熵

提到熵,经常看科幻小说或科普文章的读者并不陌生。通俗地说,熵是混乱度的度量单位,一个系统的混乱程度越高,熵值越大。由此带来热力学第二定律:不可能把热从低温物体传到高温物体而不产生其他影响,或不可能从单一热源取热使之完全转换为有用的功而不产生其他影响,或不可逆热力过程中熵的微增量总是大于零。这个定律又称为"熵增定律",表明在自然过程中（没有外力干预的情况下）,一个孤立系统的总混乱度不会降低。我们可以根据小说内容列举,人类衰老也是一个熵增加的过程，而且基本上不可能通过外力逆转。火柴燃烧成为灰烬，释放热能，不可能再吸收热能恢复成火柴。逆熵其实就是熵减的过程。

熵增说明一切事物都是从有序趋向无序的，而宇宙也是从有序走向无序，最终结局就是彻底崩坏。既然熵增是走向无序的过程，为什么会成为大自然遵循的规律呢？其实，宇宙最初的大爆炸以及生命的形成都是从有序向无序的演变，逆熵表面看是调整无序，把乱七八糟的屋子变得清洁，让污染破坏的水源重新清澈，但逆熵需要消耗巨大能量。试想一下，任何人都可以轻松打破一只水杯，但让碎片完好如初可不是随随便便就能成功。还有一种理论，把"学好三年，学坏三天"这样的人生经验套用熵增定律，这虽然有些像无稽之谈，却也能解释人为什么变坏容易变好困难，从好到坏，正是熵增的过程。

小说的思路是逆熵把人类不断推向过去，从有推向了无，最终人类文明消失。这个设计有点像刘慈欣的小说《宇宙坍缩》，代表宇宙膨胀的红移结束，蓝移即将开始，宇宙开始坍缩，刘慈欣的处理是我们随着膨胀发展的历史会按照来时的路一步步退回，说过的话一字不差，不过是倒着说。作者在小说结尾笔锋一转，逆熵之水竟然是外星人清除人类文明的诡计，其中最重要的一环就是逆熵之水混入了生态系统，这不禁让人后怕，假设实验室研究出这样的"魔水"，会不会真的有人类文明消失的那一天？

实验室的废水处理

如果逆熵之水是由我们星球的科学家在实验室中研发的，那

■ 熵增是宇宙由有序变为无序的过程。地球就是在这个过程中诞生的。那随着熵的继续增加，又会发生什么事情呢？宇宙会变得更为无序。当宇宙生存时间足够长，其中的物质将会均匀分布。此时熵值最高，达到平衡，也就是人们常说的"熵寂"，通俗地讲，就是宇宙死亡。那时候的地球当然早已经了无痕迹（图片来源：Pablo Carlos Budassi）

么它混入生态系统的可能性并不大。科幻作家游者也写过一篇题材相关的小说,名字叫作《水》。小说中的"水"正是在实验室诞生的,并且通过下水道汇入江河湖海,掀起了一场水的革命。事实上,这种情况并不常见,实验室的废水处理有一套严格而独立的系统。

实验室废、污水处理已经是一个非常成熟的产业。一旦形成产业,则说明这个行当已经受到人们足够的关注和制约,我们担心的问题,他们早已警惕,并且作了应对。实验室产生的废弃物一般分为化学性废物、生物性废物和放射性废物三类,不同种类废物的处理方法不同。以化学性废液处理为例,对于一般废液根据其化学特性选择合适的容器和存放地点,通过密闭容器存放,不可混合贮存,容器标签必须标明废物种类、贮存时间,定期处理。一般废液可通过酸碱中和、混凝沉淀、次氯酸钠氧化处理后排放,有机溶剂废液应根据性质进行回收。我们的科学家们非常严谨和负责,不会随手把废液倒进与城市生活相关的下水道,不会像小说中的小女孩那样让逆熵水混入生态系统,让外星文明得逞。

话说回来,既然外星文明明显比地球文明科技水平更高,为什么不直接摧毁地球,还要绕这么大的圈子?小说给出的解释是"符合该文明道德观的文明清除方案"。寥寥几字,勾勒出一副高级文明生存的法则。那么,文明到底怎么分类?人类又属于哪个等级呢?

文明等级分类

20世纪60年代,俄罗斯物理学家尼古拉伊·卡尔达舍夫首次提出文明等级分类的概念,后人不断整理细化,一共将文明分为三个等级。

Ⅰ类文明:掌握行星级别的能源,能够利用到达星球的全部太阳能,可以对天气进行控制或更改,如使飓风改道,或在海洋建立城市,建立一个行星级的文明。

Ⅱ类文明:掌握整个恒星的能量,能够控制太阳耀斑,并点燃其他恒星。

Ⅲ类文明:在本星系的广大范围内进行殖民。每类文明与比其低一个级别的文明之间的差别为100亿倍。按照这个分类,人类文明只能算是0类文明(也有说法是0.7类文明),需要100~200年才能达到Ⅰ类文明的水平。

科幻小说中对于文明等级的写法有两个极端,一种是像刘慈欣在《三体》里写得那样,文明的本质就是侵略;另一种则要温和得多,高级文明对会摇篮文明进行保护。作家七月最新的小说《群星》就设定了这样一种文明保护机制。基于这种保护,人类文明才能不被等级更高的外星人侵略。一般来说,保护的本质是拒绝高级文明使用战争的方式摧毁低级文明。《逆熵之水》的作者似乎也在遵循这个规则,所以构思出利用人类贪婪之心自动走向毁灭的方式。通过这种毁灭,作者告诉我们一个亘古不变的真理,这个世界不存在真正的不劳而获。这不仅违背常识,更重要的是,不劳而获还是一个逆熵的过程,违背宇宙规律。

生活不是童话,一切都没有那么简单。

微小说·时空命案

● 花涯 / 文

我叫王勇胜,今年8岁。

我实在搞不懂,为什么别的小朋友会这样与我敌对。明明是他们有错在先啊,我只是没有收他们的糖去告诉了老师而已,这难道也有错吗?我们难道不是要做一个正直、无私、善良的人吗?

小溪里是我颓唐的影子,然而忽然间,却又映出了一个大人的身影。他来到了我身边。我看到他的脸上有一颗黑痣,在同样的位置,我也有一颗。

"喂,小家伙,一个人很无聊吧?要不要和叔叔一起去玩?"我抬头看他,想起来大人们说他是城里的记者。

"你有好玩的东西?"

"当然,和我走吧?"他的眼睛贼溜贼溜地转着,极具诱惑。

"好。"

我知道这样不对,却还是忍不住这么做了,因为此刻我真的很烦闷,我需要放松一下。

他打开汽车门,要我进去。我看看车里那些豪华的我见都没见过的设备,瞬间便心动了,于是我毫不犹豫地爬进去。

糟了,我的头……好晕……

我叫王勇胜，今年18岁。

我无聊地蹲在那家看起来很大的电玩城门口，时不时向里面看看，想象自己在玩得酣畅淋漓，心情就舒服很多了。

就在我又一次扭头去看的时候，透过那扇反光的门，我看到了一个人，准确些说，是一个看起来贼兮兮地蹲在角落里的老年男人。

于是我开始注意他。我发现，他总是盯着我这边目不转睛地看，那浑浊的眼神里隐藏着不可告人的秘密！

我装作不经意地站起身来，走向回家的路。不出所料，他果然跟了上来。我想要甩掉他，可是县城的路我并不熟，便只好加快步伐走向村子里。

泥泞的小路上，我看到他的身影已经慢慢变成了一个黑点，便停下来长出一口气。

"勇胜，快和我走！"

我猛地抬起头来，那个人竟然已经站到了我面前！我注意到他那皱巴巴的老脸上有一颗别致的黑痣，在同样的位置，我也有一颗。

他是谁？怎么会知道我的名字？

我想着，就这么问了。

"你别管，有人要杀你！快和我走！"

我忍不住瞪大了眼打量他，真是个神经病。我对他摇摇头，准备走开，却不料他猝不及防地从后面给了我一掌，我的脑袋昏沉起来……

我叫王勇胜，今年38岁。

我是一个将要退休的杀手。昨天，我接到了我的最后一个任务，穿越到若干年前杀死一个人。

　　穿越过去后，我按照客户的提示找到那个年轻人，可是当他转身的时候，我在那扇反光的门上看到了年轻时候的我的脸。

　　我后背有一阵冷风刮过，忍不住颤抖起来。

　　不，我绝对不能死去！我花了这么多年做了这么多见不得光的事情，好不容易才攒下了巨额的财产，我还没有狠狠地花钱，肆意地享受有钱人的生活呢，我绝对不能死去。

　　就在我匆匆想着对策的时候，他竟然已经走开了，我只好急忙追上去。可是眼看已经离开了城市，他就要走到村庄里去了，这样我会跟丢的。我已经想好了对策，把他也带去我的时空！于是只好再来一次时空穿越。

　　站定在他眼前后，他却根本不相信我，在那个科技不发达的年代，我是解释不清楚的，便打晕了他，把他带了回来……

　　我递给坐在我对面的他一杯咖啡，看起来，他对于这个事实还感到很惊讶，没办法接受。不过没关系，这里是我的密室，没有人会找到的，他有很多时间可以慢慢接受。

　　"砰！"

　　剧烈的撞击声传来，年轻的我一惊，咖啡掉在了地上，几个黑衣人冲了进来。

　　"勇胜啊，你心眼挺多嘛。"

　　"哼，赶不上你阴险。"是那个客户，顾哥。我把年轻的我拉到身边。

　　"可是你别忘了，如果你不死，魔鬼契约可是会折磨死你的哦。"

　　他笑得那么猥琐，我不禁心一沉。是啊，我怎么忘了魔鬼契约呢？如果哪一方超过规定期限不履行契约的话，魔鬼契约就会生效的，到时候，我还是会死啊。

我感到我身边的他在哆嗦，又或者是我在哆嗦。

啊，对了！我突然间想起，契约上只说要杀死我，可没说是哪个时期的，如果让年轻的我杀了现在的我，那我也还能活很多年的啊。而老板如果强制要杀了年轻的我，就是违反契约了。

想到这儿，我放下心来，淡然地看着顾哥，说："顾哥多虑了，我这就执行任务。只不过，还请容许我道个别。"

我凑过去，对着年轻的我耳语后，把匕首递给了他。

他也笑了起来，很高兴地接过了匕首，抬手就要刺过来了，我下意识地闭上了眼……

"哧"的一声，有温热的液体溅在了我的脸上，可是身体却没有感到痛。

我缓缓睁开眼睛……

天，那个匕首插在了一个小男孩的身上，我注意到他粉嫩的小脸上有一颗别致的黑痣，在同样的位置，我也有一颗。没错，那是小时候的我！

我和18岁的我对视，却蓦然发现，我和他的身体都在慢慢地变得透明。

"不……"

我尖叫起来，我的钱财，我还没有享受的荣华富贵……

"不……"

我又忍不住声嘶力竭地喊了一声，可是我听到声音里却也混合了顾哥的声音，我扭头去看，顾哥的身体竟然也在变得透明……

我叫顾城。今年48岁。

出车祸后，我毁了容，声带也坏了，失去了记忆。有人救了我，给我整了容，修复了声带，起了顾城这个名字。从此我开始为他效命。

我按照他的吩咐去找一个杀手穿越时空去杀了他自己，为了以防万一，我还亲自出手抓了孩子时期的他。

他果然耍了小心眼，只是他没有想到我有后招。可是就在他将要死去的时候，我发现，我的身体也在变透明……

我想起来了，我出车祸的时候，叫作王勇胜。

哦，不……我不要死……但或许我在8岁之后、屈服于现实之后，我就注定该死了吧……

微科普·回到过去

●王元 / 文

相信第一遍看完这篇小说的读者会有些头晕，文中到底出现几个"王勇胜"？到底是几岁的他杀了几岁的他？这些王勇胜？到底在哪个年代？我们一起来解密作者精心编织的"命案"。

首先确定出场人物。通篇出现四个王勇胜，按照年龄依次排序：8岁、18岁、38岁、48岁。48岁的王勇胜就是顾城。

接下来梳理故事线。王勇胜遭遇车祸，虽然没有明确指明，但是可以确定在38岁之后，王勇胜变成顾城。顾城（王勇胜）48岁那年，那个救了他、给他整容、给他修复声带的恩人派给他一项任务，雇佣38岁的王勇胜去暗杀18岁的王勇胜。我们由此推测，48岁的顾城（王勇胜）穿越到十年前，雇佣了车祸之前的自己。以防万一，他还穿越到四十年前，绑架了8岁的自己。38岁的王勇胜执行任务时，发现暗杀对象正是18岁的自己，他下不去手；下不去手不仅是指对18岁的王勇胜手软，也是因为若18岁的王勇胜被杀，他也就会跟着消失。所以，38岁的王勇胜只好把18岁的王勇胜带回自己的年代，这时，48岁的顾城（王勇胜）也押解8岁的王勇胜来到38岁的年代，四个王勇胜历尽千辛万苦终于团聚了。

48岁的顾城（王勇胜）对8岁的王勇胜痛下杀手，他此时并不知道那三个都是自己过去的横截面，于是四个王勇胜一起消

失。可能有读者会疑惑,救了王勇胜的恩人为什么要铲除他?作者并没有交代,我们大可不负责任地脑补,最简单的原因就是兔死狗烹,他失去了利用价值。

这篇小说让我想起电影《环形使者》,不同的是,前者是未来的自己回到过去追杀自己,后者是未来的自己回到过去被自己追杀。相同的是,两者都需要回到过去。

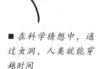

■ 在科学猜想中,通过虫洞,人类就能穿越时间

外祖父佯谬

时间穿越是科幻小说的热门题材,最简单也最复杂。说简

单,是因为只要让主人公穿越到过去或者未来,就能形成故事;说复杂,是因为很少有人能够真正把握时间穿越的精髓,总是漏洞百出。因为时间穿越会引起许多悖论,所以为了对付这些悖论,科幻作家们可是花样百出,无所不用其极。其中代表就是海因莱因的小说《你们这些回魂尸》,那篇经典之作里面也出现了许多个"我"。

  关于外祖父佯谬的版本众说纷纭,有的将之包装成外祖母佯谬,有的为其冠名外祖父悖论,还有一个不常见,但非常有意思的说法,疯狂的科学家悖论:假设世界存在时间旅行,一个科学家通过虫洞向一分钟前的自己开枪,如果他成功杀死一分钟前的自己,那么是谁杀死了他?没有现在的他就不存在未来的他,不存在未来的他他也不会死,如果他没有杀死一分钟前的自己,那么时间旅行又不成立。这个版本的作者正是大名鼎鼎的霍金。疯狂的科学家跟《时空命案》里疯狂的杀手很像,都是回到过去杀害自己。按照作者的理解,随着年轻的自己死掉,年长的自己也会跟着消失,陷入悖论无法自拔。不管多么精妙的安排,也很难逃脱悖论的魔掌。其实相比悖论,读者关心的可能是如何穿越到过去。《时空命案》因为篇幅限制,没有展开讨论,大部分描写时间穿越的文章也不会给出详尽的解释,顶多就是描绘一个时间机器或者任意门,更别说那些层出不穷的穿越文,连时间机器都懒得写,要么是坠崖,要么是撞墙,总之是想穿就穿。

闭合类时曲线

  爱因斯坦的狭义相对论与广义相对论中,三维空间与时间共同构成四维时空。空间由空间点构成,时空则由时空点,或称为事件构成，每个事件代表一个特定时间的特定地点。人的一生就构成时空中的一种四维蠕虫，蠕虫的尾端对应出生，头部则对应死亡，首尾相接，形成完美闭环。每个时刻就是蠕虫的三维截面。这条蠕虫所处的线就是这个人的世界线。在世界线上，事件单向增加，一直向前。想象一下，这条线画在纸上，我们按照这条线生老病死；如果时空扭曲，那么这条线就可能发生意外，形成"6"或者"8"的形状。这就是闭合类时曲线，沿着这条曲线前行，就会遇到过去的自己。

幸运的是，闭合类时曲线虽然存在，但是很难与我们生活的世界产生交集。爱因斯坦在广义相对论的场方程中预言有质量的物体（特别是大质量的物体，如恒星和黑洞）会扭曲时空，使世界线弯曲。科学家们在旋转黑洞的爱因斯坦方程的解中发现了闭合类时曲线，但是任何试图穿越黑洞的物体都会被黏在事件视界上，且自然产生的黑洞不可能转得那么快。另外还有两个方法可以产生闭合类时曲线，一是移动两个虫洞的端点，一是让一根宇宙弦快速穿过另一根宇宙弦——好吧，这不是方法，而是想法，并且是停留在物理设想阶段而非数学计算阶段。

量子力学

科幻作者之间流传着几个创作技巧：平行时空、量子力学是不二法门。这其中有戏谑和自嘲的成分，但也能反映出一些问题。那么，时间穿越能不能搭上量子力学？

答案是当然。我们还要再次请出霍金教授。他曾论证，量子力学效应要么会阻止闭合类时曲线形成，要么会消灭任何接近闭合类时曲线的时间旅行者。他本人是时间穿越的著名反对者。

除了疯狂的科学家悖论，他还有另外一个法宝，即无人参加的宴会。霍金曾举办过一次"时间旅行者聚会"，宴会举办前没有向任何人发出邀请。宴会结束后，他才发出请帖："诚挚邀请你参加时间旅行者的宴会。宴会由斯蒂芬·霍金教授举办。"请帖上不但写明宴会的举办地点为英国剑桥大学冈维尔与凯斯学院，还标明经纬度。霍金认为，如果有"来自未来"的人能看到这份请帖并能"穿越"回去，那么他在宴会上就会见到"时间旅行者"。霍金公开了聚会视频。他一个人坐在房间里，没有任何人造访，他孤独坐在轮椅上，依偎着宇宙。

不过，有科学家指出，霍金的计算忽略了量子场的引力效应，结果表明量子场的涨落会在闭合类时曲线附近趋于无穷大。所以，量子力学效应非但不会阻止时间旅行，还会促成这件事发生，会导致闭合类时曲线的必然出现。尤其是在量子效应明显的微观世界，可能存在大量闭合类时曲线。让人兴奋的是，量子力学还可以消灭外祖父佯谬，但是消灭的方法有些让人哭笑不得，那就是认定外祖父佯谬根本不存在。假如回到过去的外孙要做不利于外祖父的事情——如导致外公、外婆的婚姻破裂，那么自然不会有他的母亲，没有母亲也就没有他——根据量子力学，多重宇宙中的各个宇宙就会以一种不同寻常的方式连接起来，一个盘绕的时空包含许多互联互通的宇宙。这种连接让外孙旅行到某个宇宙，在他到来之前和离开之后的宇宙完全相同，但由于他的到来，两个宇宙从此不再相同。简单地说，就是"刺杀"外祖父的外孙从A宇宙来到B宇宙，A宇宙的时间线不会改变，而B宇宙因为这个"突如其来"的外孙变得不同，即使他杀了自己在B宇宙的外祖父，也不会产生悖论，因为在这个宇宙，他根本不存在。

本书所选微小说均出自蝌蚪五线谱网站科幻世界频道,请未联系到的作者按以下方式联系我们,邮箱:kehuan@kedo.gov.cn

版权专有 侵权必究

图书在版编目（CIP）数据

N维记 / 周忠和，王晋康主编；王元编著. —北京：北京理工大学出版社，2020.9（2021.5重印）

（藏在科幻里的世界）

ISBN 978-7-5682-8910-8

Ⅰ.①N… Ⅱ.①周…②王…③王… Ⅲ.①幻想小说—小说集—中国—当代 Ⅳ.① I247.7

中国版本图书馆 CIP 数据核字（2020）第 159215 号

出版发行 /	北京理工大学出版社有限责任公司
社　　址 /	北京市海淀区中关村南大街 5 号
邮　　编 /	100081
电　　话 /	（010）68914775（总编室）
	（010）82562903（教材售后服务热线）
	（010）68948351（其他图书服务热线）
网　　址 /	http://www.bitpress.com.cn
经　　销 /	全国各地新华书店
印　　刷 /	三河市华骏印务包装有限公司
开　　本 /	880 毫米 × 1230 毫米　1/32
印　　张 /	6.75
插　　页 /	1
字　　数 /	151 千字
版　　次 /	2020 年 9 月第 1 版　2021 年 5 月第 2 次印刷
定　　价 /	39.80 元

责任编辑 /	钟　博
文案编辑 /	毛慧佳
责任校对 /	刘亚男
责任印制 /	施胜娟

图书出现印装质量问题，请拨打售后服务热线，本社负责调换